權錢對決

之 1

權力核心

姜遠方 著

北京

政界

傅華：本書主角。海川市駐京辦主任。能力優秀，在招商引資上有傑出表現，人脈遍及北京、東海省政壇及商界。

沈佳：孫守義妻。一心扮演好賢內助的角色。

趙老：沈佳的父執輩。對孫守義的仕途升遷有不可抹滅的功勞。

鄭老：鄭莉的爺爺。大老級人物，退隱多年。

商界

趙凱：通匯集團董事長。視傅華如子，即使傅華與趙婷離婚，仍不時往來。

趙婷：趙凱之女。傅華的前妻，與傅華育有一子傅昭，因傅華過於專心投入工作，心生不滿而離異。

高穹和：和穹集團董事長。

高芸、高原：高穹和之女。社交名媛。

鄭莉：鄭老孫女。傅華現任妻子，作風強勢能幹，自創服飾品牌。與傅華育有一子傅瑾。

蘇南：振東集團董事長。與鄧子峰有父侄輩的關係。

喬玉甄：香港東創實業公司董事長。突然在北京發跡，身分神秘，頗具交際手腕，結識許多權力核心的高層人物。

胡東強：高芸的未婚夫。天策集團少東，胡瑜非之子。

呂鑫：香港賭船的老板。有黑道背景，交往分子複雜。

海川市

政界

金達：海川市委書記。與傅華曾是無話不談的好友，因誤會產生心結，漸行漸遠。

于捷：市委副書記。常耍小動作，唯恐天下不亂。

孫守義：海川市現任市長。妻子沈佳有深厚的政治背景。另與市政府員工劉麗華有不倫關係。

曲志霞：海川常務副市長。分管駐京辦事務。個性十分積極進取。

何飛軍：副市長之一，主管工業事務。私生活有許多問題。

商界

束濤：城邑集團董事長。原與孫守義互為仇敵，後因利益的關係轉為盟友。

孟森：海川地頭蛇，黃、賭、毒無所不為，與孟副省長關係非淺。

丁益：海川本地天和房產的總經理。與傅華私交甚好。

東海省

呂紀：東海省省委書記，一心提拔金達為接班人。

鄧子峰：東海省新任省長，很賞識傅華，積極延攬傅華至東海任其幕僚。

孟副省長：東海省常務副省長，與孟森來往密切，互相勾結，有許多不可告人的秘密。

紙牌屋裏的秘密：巨款、權鬥、色劫現形記

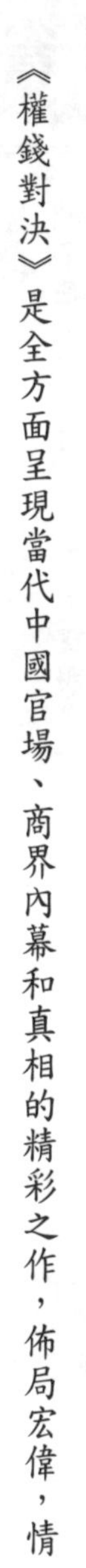

《權錢對決》是全方面呈現當代中國官場、商界內幕和真相的精彩之作，佈局宏偉，情節生動。

作為中國權力中心的北京，設立了各省各地的駐京辦公室。雖然駐京辦主任官階不大，但身為第一線的官員，卻掌握了最內幕的消息，得知許多機密情報，或是政商名流不為人知的小道八卦；更因為跨足官商兩界，經常遊走黑白兩道，成為各派人馬積極拉攏的對象。

本系列故事是以東海省海川市的「駐京辦公室」主任傅華為主角。他憑著優秀學歷和突出的工作能力，被任命到北京擔任這個職務。在大陸高層政壇，各省市的「駐京辦」一直是各大諸侯與北京掌權當局合縱連橫的樞軸，初入政壇，他就像誤入叢林的兔子，官場上走後門、弄關係、搞鬥爭的把戲，以及高官巨賈之間權錢交易、翻雲覆雨的作為，種種光怪陸離的現象都被傅華看在眼中。他不但是首當其衝的要角，也是官場上牽一髮動全局的棋子。

原任東海省第一把手、省委書記呂紀，與第二把手、省長鄧子峰都是權力鬥爭的高手，他們明爭暗鬥，而第三把手的孟副省長作惡多端，呂、鄧反而投鼠忌器。正如海川市第一把手金達、第二把手孫守義也是暗中傾軋，反而讓一干違法斂財的副市長興風作浪。

諷刺的是，這些高官們皆因涉入桃色風波而栽在女人手裡，小則失官，大則賠命，卻仍抵不過誘惑而中箭落馬。

市長金達原本與傅華交情非淺，然而，隨著金達在海川逐漸站穩腳步，私心漸露，加上有心人的挑撥是非，兩人漸行漸遠，終成陌路。而傅華的學長賈昊更是利用在國銀公庫任職之便，與不法商人勾結，大鑽法律漏洞，玩弄金錢遊戲賺取暴利。

傅華夾在矛盾叢生的省、市高官之間，閱歷了官商鬥法、權錢對決的大風大浪，也目睹了色慾橫流、殺機頻現的「官場現形記」。

在瞬息萬變的政壇中，傅華適時地善用身旁各種可利用的關係，為自己編織了一張強大的人脈網絡，包括海川市、東海省，甚至輻射到北京，這也成為他最佳的保護傘。

在情感之路上，他的感情生活亦是高潮迭起，十分精彩。深具女人緣的他歷經了兩次婚姻，前妻趙婷是通匯集團大企業家的嬌嬌女，使傅華在招商引資上得到許多助益；現任夫人鄭莉，則是出身紅色世家，是中共極高層元老的愛孫。

這些背景和人脈，讓傅華了解商界爾虞我詐的一面和官商間鬥法的咋舌內幕，也不自覺地被捲入官場權錢對決的漩渦。

在官商的你來我往中，買官賣官不稀奇，爾虞我詐不奇怪，錢有了權的加持，立即無所不能；權有了錢的幫襯，更是如虎添翼。官商之間收紅包、拿回扣，早已不是什麼新鮮事；凡有工程必有弊案；銀彈加子彈是基本配備。小模、女星也可以是酬庸的一部分，只看如何投其所好而已。官與官之間的相捧相鬥，不過是權勢角力的考量罷了。正如同食物鏈上的生物一方面要捕食，一方面也得小心自己成為他人的食物一樣，官場與商場隨時上演著你死我亡、你上我下的戲碼，沒有永遠的朋友或敵人，只有利與不利的最大化結果。

官商勾結的重點其實並不是「勾結」，而是勾結的內容及如何勾結；官官也並非不能相護，而在於是否為故意包庇、蓄意放水?!官商合作可以促進地方繁榮，形成雙贏局面；怕的是上下其手，商人大賺黑錢，官員中飽私囊，搞出豆腐渣工程，留下爛攤子，只好由全民買單。這些不法弊案暗藏的利益輸送，是一般人看不見的無底黑洞。交保金屢創天價，代表的不只是富豪身價，更是涉入案情的程度有多深！官商之間臺面下的黑箱運作端看誰玩得高明，玩得不著痕跡。

性格決定命運，儘管傅華有很多機會可以往更高層發展或是轉戰商界，然而，因為傅華擇善固執的個性及低調的作風，使他無意介入複雜的權勢爭奪，仍不改初衷，寧願守著駐京辦主任這個小官安於現狀；正因處於旁觀者的角度，讓他對高層的內鬥傾軋洞如觀火。

《權錢對決》深刻描寫了官場與商場最寫實的樣貌，勾畫了人性和欲望最強烈的一面，審時度勢、步步為營方為官場生存之道；強強聯合、內外雙贏才是商場不敗法則。在官商的舞臺上，還有多少不能說的秘密?看不見的臺面下，其中暗藏的交易有多黑暗?猶如潘多拉的盒子，小老百姓看到的只有外神怎麼通內鬼、神鬼如何相互交鋒！只要官、商存在的一天，權錢對決的戲碼永遠不會落幕。

目錄 CONTENTS

第一章

兵行險棋

傅華出了茶館，被風一吹，
才感覺到後背上涼颼颼的，已經被冷汗濕透了。
原來他之跟胡東強做出要拼命的架勢，是在兵行險棋。
對胡東強這種紈褲了弟，如果不讓他真正感到恐懼的話，
他還會無休無止的找麻煩的。

北京。晚上七點。

由於傅華介入「天策集團」少東胡東強與未婚妻高芸的婚事，胡東強懷疑高芸與傅華有染，心生不滿，放出話來要找人對他不利；因而傅華拜託黑道老大劉康，請他居中聯絡對方，打算兩人面對面解決此事。

傅華按約定時間準時出現在「清心茶館」。他報了白七的名字，服務員把他領進一個大包廂，包廂裏已經有不少人。

傅華看到主位上坐著一個五十歲左右，有些乾瘦，眼神卻很尖銳的中年男子。中年男子身後站著兩名體型彪悍的大漢，像是中年男子的保鏢。

中年男子的左手邊坐著胡東強和一個三十多歲留著長髮的男子，在胡東強和長髮男子的身後也站著幾名打手型的壯碩男子。中年男子的右手邊則是空著的，想來是虛位以待等著傅華的到來。

傅華心中猜測主人位子上坐的那個人，就是白玄德白七，而坐在胡東強身邊的長髮男子應該就是蘇強了。

胡東強看到傅華，眼睛惡狠狠地瞪了他一下，不過當著白七的面，他不敢做什麼。

傅華進門後，白七抬起頭來看了看他，有點驚訝的說：「你是一個人來的？」

傅華笑笑說：「是啊，我又不是來打群架的，要那麼多人幹什麼。您就是白玄德白董吧？」

白七客氣地說：「叫我老七就可以了，傅先生，你敢一個人來，我很佩服。請坐吧。」

傅華就去空著的位子上坐了下來，說：「謝謝白董幫我安排這次見面。」

白七笑笑說：「傅先生客氣了，你這個謝字我可受不住，這是劉爺安排的事情，我老七肝腦塗地也要做到的。」

傅華感謝說：「一碼歸一碼，你這份情我是要領的。現在白董，可不可以給我個機會，讓我跟這位胡東強胡少說幾句話呢？」

白七笑笑說：「請吧。」

傅華就對胡東強說：「胡少，有些事可能是我讓你丟了面子，這樣吧，我當著今天這麼多朋友的面給你端茶道歉，希望你大人大量，高抬貴手放我一馬，可以嗎？」

傅華說著，便拿起茶壺倒了一杯茶，然後雙手端起遞向胡東強，說了一聲：「對不起了，胡少。」

胡東強惡狠狠地瞪著傅華，說：「姓傅的，哪有這麼簡單，現在全北京都知道我的未婚妻跟你睡了，我栽多大的面子啊？你一杯茶就想把這件事糊弄過去了嗎？休想！」

見胡東強不接茶杯，傅華將杯子放了下來，看著胡東強說：「胡少，那你想怎麼樣呢？」

胡東強蠻橫地說：「按我的心思，我非廢了你不可，但是今天這件事情你找了白董，白董這個面子我是要給的。你要我原諒你不是嗎？可以，你給我跪下磕三個響頭，然後再說聲對不起，我就放過你。」

白七有些不高興的看了看長髮男子，說：「蘇強，胡少這要求可是有點過分了啊。」

蘇強陪笑著說：「白董，我不是不給您這個面子，但是今天這件事我也很為難。本來這單活我都跟胡少敲定了，但是您發話，我不敢不聽，不過這位傅先生跟胡少有奪妻之恨，我也得照顧一下他的面子，一杯茶我感覺是有點太輕了點。」

白七協商說：「蘇強，道上的規矩，端茶認錯誠意已經很夠了，你難道真的要傅先生給胡少跪下磕頭嗎？」

傅華衝著白七笑笑說：「白董，您不要為難，這件事還是讓我跟胡少兩人自己解決吧。」

白七看了看傅華，傅華示意他能夠處理好，白七就點點頭說：「行，你們自己處理。」

傅華轉頭看著胡東強，冷笑一聲說：「胡少，你別欺人太甚了，我給你端茶說對不起，是不想再跟你繼續這麼糾纏下去，你以為我怕你嗎？上次你找人打傷我，砸了我的車，我還沒跟你算賬呢。今天正好一起把賬算清楚。」

胡東強有恃無恐的說：「傅華，你還挺囂張的啊，我倒要看看你要怎麼跟我算這筆賬。來啊，今天不跟我算清楚，你就是個孫子。」

傅華冷靜地說：「你別急，聽我慢慢跟你說。高芸的事你能怪我嗎？你自己花天酒地，沒能力管住未婚妻，你怪誰啊？男女之間的事本是你情我願的，人家不願意跟你，你自己不檢討一下，卻把責任怪在我頭上，你算什麼東西啊？」

「你！」胡東強氣急了，指著傅華的鼻子罵說：「你信不信我現在就弄死你?!」

「哼，你吹什麼牛皮啊，」傅華冷笑說：「你要有那份膽量，早就跟我當面單挑了，也不用躲在人家背後偷著算計我。」

「你這傢伙跟我叫板是吧，」胡東強氣呼呼地叫道：「我今天不弄死你，我就不姓胡！」

「來啊，我就在這裏，」傅華回嗆道：「你們誰帶著刀了，給他一把，讓我看看他有沒有膽量弄死我?!」

白七一看雙方要硬著來了，趕忙攔阻說：「我約大家來，是解釋誤會的，可不是讓你們來拼命的。蘇強，你快說說胡少。」

蘇強陰笑了一聲，說：「白董，這火可不是胡少一個人煽起來的。」

傅華看了一眼白七，鎮定地說：「白董，我知道我在做什麼，你讓我來處理吧。」

白七擔心地說：「傅先生，你可別鬧得太大，要不然我跟劉爺可不好交差。」

傅華笑說：「白董放心好了，事情鬧不大的，給他膽他也不敢的，他只會躲在人背後，可沒站出來的勇氣。」

「你×的，」胡東強再也壓不住火氣了，跳起來就想揮拳去打傅華，卻被蘇強一把給攔住了。白七在這裏，蘇強總要給白七幾分面子，起碼不能讓自己這方先動手。

傅華這時衝著胡東強嚷道：「姓胡的，你的拳頭是弄不死我的，找把刀來衝著我這裏來啊。」說著，就撩起了上身的衣服，指著胸膛的位置嚷道：「來吧，衝這裏來！」

在場的人包括白七、蘇強都愣住了，因為他們看到傅華身上的一條條疤痕。

他們平時都是過著刀口舔血的日子，知道傅華身上的這些疤痕都是刀傷造成的，看傅華的眼神就變了，心說：原來這個姓傅的是個亡命之徒啊，難怪他有膽子單刀赴會。

他們哪知道傅華身上的這些刀疤其實是當初被John因為趙婷的緣故而捅的，並不是傅華跟人拼命留下來的。

胡東強家世顯赫，從小就嬌生慣養，他衝向傅華只是一時的氣憤，哪裡敢真的要傅華的命，現在看到傅華身上疤痕累累，不由得就怔住了。

傅華卻還在大聲叫嚷著：「胡東強，來啊，為什麼不敢來啦？我死過不止一回了，什麼凶人沒見過，還會怕你這種大少爺?!不敢來了是吧，那輪到我了。」

傅華說著，一隻手端起之前倒好的那杯茶，說：「胡東強，我再給你一次機會，這杯茶你喝了，我們之間就什麼恩怨都一筆勾銷。你如果不喝的話，那以後我們就各憑本事吧。你能找人弄花我的臉，我也能找人廢了你，看看到時候是你這大少爺的命硬，還是我這條爛命硬。」

胡東強臉色頓時變得蒼白了起來，讓他花錢找人教訓傅華他是可以的，但是要跟傅華玩命，他就沒這個膽量了。剛才他之所以敢向傅華耍狠，完全是因為他身邊有蘇強和蘇強的小弟在，給他壯了膽子。

白七是老江湖，看胡東強的樣子就知道胡東強心裏已經認輸了，這時候就該他出來打圓場了。

他笑著伸出手來，接過傅華手中的杯子，然後遞給胡東強說：

「胡少，我白七今天約你和傅先生來，是想化解這場誤會的，其實說起來大家都是朋友嘛，我可不想你們再鬥下去了。現在這個社會是經濟社會，打打殺殺的多沒意思啊，有那個時間還不如多賺點錢呢。你就給我個面子，喝了這杯茶吧。」

白七邊說邊用眼神示意蘇強讓他勸一下胡東強。蘇強看出傅華也不是好惹的，他聽白七說過那個劉爺是個什麼樣的人物，他雖然不在道上混了，卻是道上的傳奇人物，傅華如果真的要動用起劉爺的力量來，恐怕就連他也不是對手。

蘇強就有些畏縮了，再加上白七的面子也不好駁，白七現在又給他和胡東強臺階下，這時候就不好再繃下去了。他便對胡東強說：「胡少，白董都這麼說了，你還不趕緊接下來。」

胡東強看看這個場面，如果不接這杯茶的話，恐怕連白七和蘇強都會得罪的，他也沒有膽量真的去跟傅華玩命，就點點頭說：「行，我就給白董這個面子。」說著，就從白七的手中接過茶杯，一口將杯中茶給喝了。

傅華在一旁說：「多謝胡少大人大量了。」

白七看胡東強喝了茶，傅華也很知趣的感謝了胡東強，今天這個場面算是圓滿揭過了，就笑笑說：「這就對了嘛，既然胡少已經喝了傅先生道歉的茶了，那你們之間的恩恩怨怨就此一筆揭過。以後誰也不許再去找對方的麻煩，否則我白七第一個就不會答應的。好了，大家都坐下來吧。」

眾人就重新在桌子旁坐了下來，白七端起茶壺給眾人斟上了茶，招呼說：「來喝茶。」

眾人各自喝了一口，白七又笑笑說：「我和兩位今天也算是認識了，有時間去我那裏玩吧。」

傅華趕忙說：「今天多謝白董了，有時間一定會去拜訪您的。」

胡東強也說了幾句客套話。

白七看看傅華，他對傅華今天處理事情的方式很是欣賞，覺得傅華有禮有節，就笑笑說：「誒，傅先生，我以前怎麼沒聽劉爺說過你啊？」

按照白七的理解，傅華既然跟劉康很熟，還一身的刀疤，應該是在道上混過的才對，可是他從來沒聽說過還有傅華這號人物。

胡東強在一旁譏諷的說：「白董大概以為他是混道上的吧，其實他是正經八百的官員，海川市駐京辦的主任，只是不知道他這一身的傷疤是怎麼搞出來的。」

白七怔了一下，他還真沒想到傅華的身分居然是政府官員，但是那一身的傷疤又不是假的，今天的表現更像極了一個亡命之徒，真是讓人百思不解。

白七不禁搖搖頭說：「傅先生還真是能文能武啊，難怪劉爺會說你是他的忘年交了。」

傅華笑笑說：「也不是了，我什麼能文能武啊。」

閒聊幾句之後，傅華因為跟白七這些人也不熟，沒什麼太多的話題可談，就提出告辭；白七見事情已經解決，跟劉康可以交代過去，也就沒挽留傅華，放他離開了。

傅華出了茶館，被風一吹，才感覺到後背上涼颼颼的，已經被冷汗濕透了。

原來他之跟胡東強做出要拼命的架勢，還亮出一身的傷疤，是在兵行險棋。對胡東強這種紈褲子弟，如果不讓他真正感到恐懼的話，他還會無休無止的找麻煩的。他要胡東強覺得他是一個敢玩命的亡命之徒，就是想要胡東強對他感到恐懼，不敢再來找他的麻煩。

傅華正要打開車門上車，就看到胡東強帶著兩名保鏢也走了出來。蘇強留在裏面跟白七喝茶，並沒有跟出來。

看到傅華還沒離開，胡東強稍微怔了一下，腳步也停頓了一下，隨即眼神看向別的地方，徑自向他的車走去。

雖然可以確定胡東強以後應該不會再來找他麻煩了，但是傅華卻覺得這樣似乎還有不足之處。他跟胡東強之間的心結並沒有完全解開。胡東強真正可怕的並不是找人威脅他的人身安全，而是胡家在白道上強大的權勢。

如果讓人知道他開罪了胡家，以後他這個海川市駐京辦主任再去跟各部委做什麼交流，估計就會受到一些不知道來自何方的有形無形的阻力。這對傅華來說並不是件好事，他的工作是運作人脈關係的，自然希望能廣結善緣，少樹敵。

多個朋友多條路，多個敵人多堵牆，於是傅華衝著胡東強喊了句：「胡少，等一下，我有話跟你講。」

胡東強聞言愣了一下，警惕的看著傅華，他對傅華心中有幾分敬畏，不管是什麼原因，傅華身上那麼多的刀疤都說明這傢伙是闖過鬼門關的人，這種人可不好惹。

胡東強語帶緊張地說：「姓傅的，你還想幹嘛？我提醒你啊，剛才你當著白董的面可是做了保證不會再找我麻煩的，你如果現在對我不利的話，白董可是不會答應的啊。」

傅華聽出胡東強一副怕了他的口吻，心裏暗自好笑，看來這種紈褲子弟還真是欺軟怕硬，這麼慫還想跟他鬥，簡直是不自量力。

傅華笑了笑說：「胡少，我不是要找你的麻煩，我是有兩句話要單獨跟你講，可以嗎？」

胡東強用戒備的眼神看了看傅華，說：「你想說什麼？」

傅華走到胡東強的面前，誠意地說：「胡少，首先，本來這件事我是可以找令尊來解決的，但是後來一想，大家都是年紀差不多的人，自己的事情自己解決，沒必要去驚動長輩。」

傅華從上次胡瑜非對胡東強安排人伏擊他很不滿的態度上，看出胡瑜非是不喜歡胡東強搞這些牽涉到黑道上的事，想來今天的談判，胡東強也不願意胡瑜非知道。傅華這麼說是在告訴胡東強，不論玩正的還是玩邪的，他都不怕胡東強。

胡東強卻沒領會他的意思，說道：「你想拿我爸威脅我？我跟你說，你別太過分啊。」

這傢伙還真是怕他的父親，傅華笑笑說：「我不是想威脅你，而是說我們實際上年紀差不多，可以做朋友，沒必要非成為仇敵的。」

胡東強冷笑一聲說：「你覺得我們現在這樣還可以做朋友嗎？」

傅華笑說：「為敵為友只是一念之間的事情，等你冷靜的想一想之後，你就會知道你現在跟我計較的，根本是不值一提的東西。別說高芸跟我沒什麼，就算我們有什麼，你胡少會因此找不到老婆嗎？還是說你們胡家缺了和穹集團這部分資產就不行了？至於面子，我已經跟你倒茶認錯了，面子已經做給你了。」

胡東強雖然沒說話，但是心裏卻不得不承認今天傅華在占盡優勢的前提下，仍然給他倒茶認錯，的確是充分照顧到了他的面子，他的態度就有些軟化了。

傅華接著說道：「我要跟你說的是，你以後別再跟這些人打交道了，胡少，聽我一句勸吧，你不適合做壞人的，回去老老實實跟你父親發展天策集團吧，別再玩這些道上的危險把戲了。」

胡東強被傅華的話逗笑了，哼了聲說：「我不適合做壞人，你什麼意思啊？做壞人還有適合不適合的？」

傅華點點頭說：「是啊，做壞人也得要有一點心理素質的，要心狠手辣，你可以嗎？你如果可以的話，剛才在裏面你就會找把刀子捅我了。」

胡東強看了看傅華，說：「原來你剛才衝著我那麼兇，就是吃定我不敢對你怎麼樣啊。」

傅華替胡東強留面子的說：「我不是吃定你，而是覺得你出身名門，身分尊貴，有些事是不屑於去做的。」

胡東強冷笑說：「那是，我當然不會拿我寶貴的性命去跟你那條爛命對賭。」

胡東強這種鄙視的口吻讓傅華心中很不爽，心說你只不過是投了個好胎，有個好爸爸罷了，其他我還真不知道你寶貴在什麼地方呢。

他譏諷的說：「貴命也好，爛命也好，其實沒太大的差別，一刀下去可能都會完蛋。所以在生死關頭時，命是沒有貴賤之分的。」

胡東強有些不耐地說：「你想跟我說的就這些啊？」

傅華笑笑說：「我還沒說完呢，你應該感謝上天讓你今天遇到的是我。」

「哦，」胡東強嗤聲說：「怎麼，我都被你奪走了未婚妻還要感謝你啊？我感謝的都想讓你去死了。」

傅華分析說：「那是高芸不喜歡你，而非我奪走了你的未婚妻。至於為什麼要感謝上天讓你遇到的是我，讓我來告訴你吧，今天你應該看到了我在道上的影響力了吧？如果我不跟你約見面，直接就找人陰你一下，會是一種什麼結果呢？」

胡東強聽了臉上一凜，他看到他通過關係找的蘇強對那個白七畢恭畢敬，白七則是對傅華身後的人物尊敬有加，由此可見傅華身後的那個人物多麼厲害了。這個人如果幫傅華在背地裏算計他的話，那個後果的確很可怕。

傅華看胡東強神色緊張起來，知道他害怕了，就繼續說道：「也只有我才會想著和平解決這件事，換到別人，你這麼一而再的挑釁，不整死你才怪。就算是你有蘇強這些人幫忙，對方不一定會拿你怎麼樣，但鬧起來恐怕事情也不會小。到時候傳出去天策集團的少東涉入黑道，不但你不好跟胡董交代，你們胡家也會因此蒙羞的。」

胡東強若有所思的沉吟了一會兒，然後笑了起來，說：「傅華，你這是在給我做心戰工作啊，你不覺得你很滑稽嗎？你不讓我跟這些人物來往，那你又算是怎麼一回事啊？我看你跟裏面這些人物的關係比我牽涉得更深，那你是壞人還是好人啊？」

傅華語重心長地說：「你跟我的情形不同，我是被動者，而你是主動者。聽我一句勸吧胡少，雖然你找他們教訓人，又快又高效，讓你心情很爽；但是一旦遇到了你教訓不了的人呢？我記得好像有句話是這麼說的：『做壞人的最大壞處，就是總會有更壞的人等著你。』，該怎麼做，你好好想想吧。」

傅華說完，就轉身走向自己的車，打開車門準備發動車子離開。

這時胡東強叫道：「傅主任，不管怎麼說，今天還是謝謝你，是你給了我臺階下，這份人情我記下了。」

傅華心說這傢伙總算是想通了，便笑笑說：「謝謝就沒必要了，好了，我走了。」

「誒，你先等一等，」胡東強叫道：「我還有話要問你。」

傅華納悶地說：「你要問什麼？」

胡東強盯著傅華說：「我爸說你跟高芸沒做過那種事，我不相信，高芸怎麼說也算是個美女，在那種情況下，男人會放過那麼大好的機會嗎？你跟我說實話，你究竟跟她做沒做過那種事？」

傅華苦笑了一下，這胡東強的心理還真是奇怪，都鬧到這份上了，他還糾纏著自己跟高芸做沒做過那件事，他忍不住說：「胡少，這對你很重要嗎？」

胡東強認真的說：「很重要，你跟我說實話，究竟做沒做過？」

傅華正色說：「我可以對天發誓，我跟高芸之間是清白的，絕對沒有發生過任何的男女之事。」

胡東強長出了一口氣，說：「那就好，你沒給我戴綠帽子，我們可以做朋友了。」

傅華笑了起來，說：「胡少，你都睡過多少女人了，對這種事應該看得很開了吧，怎麼還會計較高芸跟別的男人有沒有那種關係呢？」

「那可不同，」胡東強說：「那時候高芸是屬於我的，你睡了她的話，就是侵犯了我的尊嚴，那打死我也不會跟你做朋友的。」

傅華有點哭笑不得的感覺，想不到這胡東強大男人主義意識這麼強烈，竟把高芸視作私有物了。

「你放心吧，到現在為止，我跟高芸都還僅僅是朋友而已。」

胡東強滿意地說：「我相信你了，傅主任，以前我胡某人有些事情做得有些過分，在這裏跟你說聲對不起了。」

難得胡東強肯低這個頭，傅華覺得到這時候事情才算是真正圓滿，胡東強雖然未必會成為他的朋友，但是他們的心結總算是打開了。

他釋出善意說：「胡少客氣了，大家都有做錯的地方，今天就此揭過了，好嗎？」

胡東強笑笑說：「行，就此揭過，以後互不追究。」

傅華說：「那就這樣吧，我走了。」

「慢走。」

傅華就開車離開了茶館。

第二章

二代鬥富

二代飆車鬥富就是其中之一，
他們開的都是豪車超跑，個性又張揚，肆無忌憚，
父輩們給了他們優裕的物質生活條件，花都花不完的錢，
越發讓他們自認為高人一等，又彼此互相不服氣，
往往因為一點小摩擦就釀成爭鬥。

在路上，傅華不由得想到剛才胡東強問他的話：他是好人還是壞人呢？想了一會兒，他還真是無法定義自己算是好人還是壞人，他做的一些事，好人是肯定不會去做的，可是他也不認為自己是壞人。

想到最後，傅華覺得他可以肯定的一點是，他所做的事，自認立場都是公正的；在心中，他對這些事沒有愧疚，守住了最基本的底線。

就在傅華邊思考邊開車的時候，胡東強的轎車從他後面嗖的一聲超了過去，飛速的開走。

傅華暗想，這個胡東強還真不是個讓人省心的傢伙，怎麼也改不掉身上這種猖狂的作風。現在時間不算很晚，街上的車還很多，用這個速度飆車實在很不安全。

正當傅華在想胡東強不該這麼做時，沒想到這時候後面又上來一輛豪華轎車，也是嗖地一聲超過傅華的車，飛速追趕前車而去。

傅華愣了一下，在他錯神的時候注意到那輛車的駕駛座上坐的似乎是華智集團的少東單正豪。胡東強和單正豪曾經為了討女人歡心，競拍過鄭莉設計的裙子，所以傅華對他印象深刻。

看單正豪的架勢，似乎是在追趕胡東強的樣子，傅華心中有不妙的感覺。那次的競拍，胡東強壓了單正豪一頭，單正豪慘敗在胡東強手裏。

北京這些二代們做什麼都講面子，一丟面子，在他們的圈子裏就會抬不起頭來。而那次競拍，胡東強讓單正豪徹底丟足面子，單正豪這會兒不會是想追上去報復胡東強的吧？

表面上看，北京是天子腳下，聚集了來自全國各地的精英人物，應該是歌舞昇平、治安良好的，但事實並非如此，這幾年北京人口不斷暴增，龍蛇混雜，良莠不齊，街頭常常會出現一些與這座古老城市很不協調的醜相。

二代飆車鬥富就是其中之一，他們開的都是豪車超跑，個性又張揚，肆無忌憚，父輩們給了他們優裕的物質生活條件，花都花不完的錢，越發讓他們自認為高人一等，又彼此互相不服氣，往往因為一點小摩擦就釀成爭鬥。

單正豪如果跟胡東強今晚鬥起來，傅華並不意外。這些傢伙會老實本分才令人意外。

傅華也不會為胡東強擔心，胡東強隨身都帶著兩名保鏢，這兩人足可保證胡東強的安全，單正豪就算是追上去，也不會得什麼好果子吃的。

傅華就按原來的速度前行，但是車開出一段距離後，看到前面有火光，似乎是發生車禍，車子撞擊著火了。傅華隱隱覺得可能是單正豪和胡東強兩傢伙搞出事來了，就一踩油門，加速開了過去，想要看看究竟是怎麼一回事。

一到現場，傅華就被眼前的情形驚呆了，胡東強和他的保鏢坐在車裏，車頭被撞鼓了起來，引擎也起火了；單正豪的車則停在胡東強的車前面，車尾也被撞癟了一塊。

單正豪下車站在胡東強車前，手持著一柄五連發的雙筒獵槍指著車內的胡東強，似乎有開槍之意。

儘管隔著車窗，傅華仍可以看出胡東強臉色煞白，身子在微微發抖。這種五連發的獵槍可以一槍斃命，想來面對著槍口並不是件很令人愉快的事，胡東強已經沒有平時的那種囂張和從容了。

雖然這些二代玩的就是心跳，什麼瘋狂就玩什麼，但這次單正豪顯然有點玩出格了，居然在街頭上拿獵槍指著人，倒也的確是玩心跳了，估計這會兒胡東強心臟一定狂跳不止。

看到這個情形，傅華趕忙踩了剎車，抓起手機跳下車來，一邊撥電話報警，一邊指著單正豪叫道：「喂，你幹什麼，我已經報警了，你趕緊給我走啊。」

眼前的局勢是單正豪隨時都可能開槍，而胡東強的車已經著火，瞬間就可能發生爆炸，不管怎麼看，胡東強都有生命危險。傅華知道他赤手空拳，絕不可能制得住單正豪，於是想用報警嚇走單正豪，趕快把胡東強從車裏救出來。

單正豪看傅華衝著他而來，手裏的獵槍一掉頭，槍口指向了傅華，傅華不敢再往前衝，站在原地繼續打電話報警，看似很鎮定地跟電話那頭的接線員陳述車禍的位置和現場情形，心卻是提到嗓子眼了，此刻單正豪只要一勾手指，他就得去跟上帝報到了。

幸好單正豪跟胡東強一樣，是個標準的紈褲子弟，讓他們拿槍嚇嚇人可以，玩真的還沒那個膽量。他看著傅華猶豫了一下，終於垂下槍口，快步上了他的車，發動車子逃跑了。

看到單正豪離開，胡東強和他的兩名保鏢這才敢從車裏下來。看車頭的火越燒越猛烈，傅華三人趕忙撤到安全距離外。

傅華看看胡東強，說：「你沒事吧？」

胡東強心有餘悸地搖搖頭說：「應該還可以吧，我只是跟單正豪撞了一下車，沒有傷到身體部位。誒，傅哥，我現在才真的服了你了，你真是亡命之徒啊，話說那孫子拿的獵槍可不是假的，你居然也敢衝過去，你不要命啦？」

傅華聽胡東強稱呼他為傅哥，知道這回胡東強是真的被他給折服了，笑笑說：「我也很害怕啊，但是我總不能見死不救吧？」

胡東強打從心眼裏說：「謝謝了傅哥，這次我的感謝是百分之百真心的。」

傅華笑笑說：「別這麼客氣了。話說回來，究竟是怎麼回事啊？怎麼好好的你就跟單正豪會撞在了一起呢？」

胡東強氣憤地說：「我從茶館出來就遇到單正豪了，這傢伙看到我就追上來跟我飆車，飆了一會兒，見飆不過，就使壞撞我的車，我猶豫了一下，車速就慢了下來，想說不跟這傢伙鬥氣了。誰知這傢伙超過我的車後，二話不說就猛地甩尾緊靠過來，幸好我反應快，急踩剎車將車停了下來。這傢伙看我停車，居然倒車直接用車尾撞擊我的車頭，後面的情形你都看到了。」

傅華不禁搖頭說：「胡少啊，下次別玩得這麼兇，行嗎？」

胡東強聳聳肩，不以為然的說：「我也不想，可是單正豪那傢伙不讓啊。不過這麼玩還真是帶勁。」

傅華苦笑地勸說：「別帶勁了，再帶勁，命都沒了。」

這時，遠處傳來警笛聲，交警來了，又是救火，又是拖車，又是詢問，再送胡東強和保鏢們去醫院做檢查，一直忙活了大半夜才結束。

傅華回到家時，鄭莉已經睡了。

這一晚真夠驚險刺激，令人心驚膽戰，搞得傅華精疲力竭，連澡都沒洗，帶著一身的臭汗就睡了過去。

第二天一早，傅華去駐京辦，安排好送曲志霞去北大之後，坐在辦公室喝茶。

這時劉康打電話來，開口就說：「傅華，你昨天對胡東強做的可真夠絕了，白七剛跟我通電話，對你讚不絕口，說你又狠又敢玩命，整得胡東強一點脾氣都沒有了。你也真有意思，居然拿以前受傷的傷疤威脅他們，連白七那老江湖都被哄得一愣一愣的，還以為你真是個道上混的呢。」

劉康知道傅華受傷的經過，因此曉得傅華的傷疤其實是唬人的。

傅華笑說：「我那是借勢而已，不那麼做，嚇不住胡東強的。」

劉康不禁說：「傅華，你在這方面確實挺有天賦的，我聽白七描述當時的情形，就感覺現場一定很精彩，心裏都有些遺憾怎麼沒陪你去呢。怎麼樣，要不要索性接了我以前在道上的衣缽？我相信你一定能把它搞得風生水起的。」

傅華趕忙說：「您就別開這種玩笑了，我那是一著險棋，迫不得已才用的，如果當時胡東強真的敢跟我較勁，那我就會吃癟了。」

劉康笑笑說：「這你就要慶幸胡東強不像他爸爸胡瑜非了，這種情形如果換了是胡瑜非，你小子可能就沒命走出那家茶館了。呵呵，想不到胡瑜非生了這麼個孬種的兒子，居然被你幾句話和幾個傷疤給嚇唬住，這要被胡瑜非知道了，豈不是要氣死?!」

傅華好奇地說：「劉董，聽你這話說的，好像跟胡瑜非很熟的樣子啊。」

劉康笑了起來，說：「當然熟了，胡瑜非可是個狠角色，當年我們單挑過。那時候我在道上剛有了點名氣，一個手下捅了胡瑜非的同學，胡瑜非就下戰帖邀我在城郊一個小樹林裏決鬥。」

傅華忍不住叫說：「原來你們還有這麼一段過往啊。你們倆現在都沒事，是不是沒打起來啊？」

劉康回憶說：「打了，還打得很兇呢。本來我以為很容易就能收拾掉胡瑜非的，哪知道這小子很經折騰，也很會打，我們倆鬥了幾個小時，雖互有損傷，但還不致命。」

傅華追問：「那你們是怎麼收場的啊？」

劉康笑了笑說：「是胡瑜非提議罷手的。打到後來，我們都沒力氣了，胡瑜非說：『我很累了，你還要打嗎？』我當時也累到不行，就說：『不打了，我也累啦。』一說不打了，我們倆就同時癱倒在地。後來我們各自離開，那件事就算了結了。之後我們都知道對方的厲害，對對方的事就儘量回避，算是王不見王。」

傅華感慨說：「你們這一代人還真是有俠義精神啊。」

劉康笑笑說：「那時候的人都很單純，有的只是一腔熱血，那股勁上來，什麼都可以不管不顧。傅華，這次你嚇住胡東強，算是給我長臉了，我很高興。」

劉康這是感覺占了胡瑜非的上風，所以才會這麼高興，傅華笑說：「劉董，都過去這麼多年了，您還沒放下跟胡瑜非這個心結啊？」

劉康釋懷說：「放是放下了，但是能欺負欺負他兒子，我心裏還是很舒服的。好了，不跟你瞎扯了，改天一起吃飯。」

傅華答應說：「好的，您有時間給我電話，到時候我請您。」

劉康掛了電話，傅華繼續忙他的工作。

臨近中午的時候，高芸來了，一進門就神色不安的上下打量著傅華，問說：「你沒事吧？」

傅華不明所以地說：「沒事啊，會有什麼事啊？」

高芸一臉擔憂地說：「我怎麼聽到消息說你昨晚去跟胡東強見面了，我擔心他對你不利，所以趕忙過來看看你，看到你沒事我就放心了。」

傅華笑笑說：「跟胡東強見面是我提出來的，他想要花高價花了我的臉，所以我請朋友約了他想跟他談談。」

高芸抱歉地說：「不好意思啊，這都是我把你拖進來的，他又威脅你了，是吧？」

傅華說：「那倒沒有，胡東強這人其實挺好說話的，我們聊了一下，就把心結化解開了，我相信以後他不會再對我怎麼樣了。」

「不會吧，」高芸詫異的看著傅華說：「我瞭解胡東強，他絕不是什麼好說話的人，會不會他表面應承你，暗地裏又在打什麼鬼主意算計你啊？」

傅華搖搖頭，很有信心地說：「不會的，我看得出來他對我是誠心誠意的。高芸，你放心吧，我跟他的梁子算是過去了。」

高芸看傅華這麼肯定，奇怪地說：「胡東強絕不會這麼誠心誠意的，不會是你對他做了什麼吧？傅華，胡家可不能惹，你千萬別對胡東強動邪的手段啊，不然胡瑜非是不會放過你的。」

傅華笑了起來，說：「你怎麼對我這麼沒信心啊，我沒用什麼歪門邪道，真的……」

這時有人敲門，傅華喊了聲進來，就看到胡東強帶著兩名保鏢出現在門口。

高芸一看到胡東強，馬上站了起來，叫道：「胡東強，你來幹嘛？我跟你說，事情跟傅華無關，你要報復，直接衝著我高芸來好了。」

胡東強臉紅了一下，說：「小芸，你誤會了，我今天來並不是要對傅哥怎麼樣的。」

傅華也站起來，拉著高芸說：「高芸，你別激動，胡少跟我已經沒事了，你先坐下來，聽胡少說說他來要幹嘛，好嗎？」

高芸聽兩人一個叫胡少，一個稱傅哥的，叫得十分親密，納悶的看著兩人，說：「你們真的沒事了？」

胡東強笑笑說：「是啊，昨天我已經跟傅哥談開了，我們以後就是朋友了。我今天來，原因很簡單，我上次不是把傅哥的車給搞壞了嗎？我來是想賠部車給他的。」

說著，胡東強拿出一張金卡，隨意的扔在桌上，說：「傅哥，這裏面有一百萬，你拿去隨便買部車吧。我跟你說，你可別不收啊，不收我跟你急。」

傅華忍不住說：「胡少，你也太大方了點，我那部車就是新的也不值一百萬啊，這錢我絕對不能收。」

胡東強卻很堅持：「不行，你一定得收下，這是我的一點歉意，你不收就是打我的臉了。」

高芸看兩人推來爭去，真像是好朋友的樣子，這才相信傅華所說的他跟胡東強已經和解的話。這兩人既然沒事，她再留下來就有點尷尬了，於是說：「真搞不懂你們倆是怎麼回事，你們談吧，我走了。」

傅華知道高芸留在這裏很尷尬，就說：「慢走。」

高芸便離開了傅華的辦公室。

傅華看胡東強有點不捨的望著高芸的背影，開玩笑說：「怎麼，現在又捨不得高芸了？」

胡東強苦笑著說：「傅哥，我要是跟你說我喜歡高芸，你是不是不相信啊？」

傅華愣了一下，一直以來，他以為胡東強只是因為丟了面子才針對他，看來胡東強是真的喜歡高芸；可是既然喜歡她，為什麼還去外面風花雪月呢？

傅華說：「我以前不信，不過現在看你的樣子，倒是有點信了。胡少，你如果沒那些風流韻事，高芸應該還是會接受你的，你知道，女人對那些事總是很介意的。」

胡東強不好意思地說：「這我知道，但是男人嘛，總是貪心不足的，我喜歡高芸不假，但是對外面的花花草草還是心癢，控制不住想碰。傅哥，大家都是男人，你可以理解我這種心情的，是吧？」

傅華笑說：「我可以理解，但是關鍵是高芸她理解不了啊。」

胡東強埋怨說：「原本我只想趁年輕時多玩玩，結婚後就收心養性，不再去沾別的女人了，可惜的是高芸她沒有給我這種機會啊。」

傅華看了看胡東強，說：「那你以後對高芸是怎麼打算的？」

胡東強強笑了一下，說：「我還能打算什麼啊，她已經不屬於我了。」

傅華說：「是啊，強扭的瓜不甜，你還是放手比較好。」

胡東強無奈地說：「也只好放手了。誒，傅哥，你對高芸又是怎麼打算的啊？」

傅華心說：這傢伙問這個幹嘛，難道還想折騰自己嗎？不禁看了胡東強一眼。

胡東強看出傅華有所顧忌，就笑笑說：「我可沒別的意思啊，我只是看她對你好像有點意思，就想問你一下而已。」

傅華坦承說：「胡少，我跟你在女人方面不同的一點是，我如果給不了她想要的，就算我心裏喜歡她，我也不會去沾手的，更何況我對高芸真的沒有那種想法。」

胡東強卻搖搖頭，不以為然地說：「你這種觀念我不贊同，男女兩情相悅就可以在一起，何必拘泥於結婚、身分之類的東西呢？你這人啊，不夠灑脫。」

傅華忍不住取笑說：「你倒是灑脫了，可是也把高芸給灑脫走了不是？」

胡東強兩手一攤說：「這個走了，還有下一個呢！高芸跟我解除婚約，我反而沒有心理負擔了，這樣玩起來更方便了。」

這傢伙還是惡性不改嘛，傅華暗自搖了搖頭。他不想繼續跟胡東強談論女人，就轉移話題說：「胡少，單正豪現在怎麼樣了？」

胡東強說：「還能怎麼樣啊，在家唄。我跟你說，單家在北京也是很有影響力的，要不然他也不敢公然拿槍對著我的。」

「怎麼可以這樣啊，」傅華驚訝的說：「單家就是再有權勢，也不能在北京街頭公然拿槍亂指人吧？如果任由他這樣的話，豈不是無法無天了？」

胡東強一副見怪不怪地口氣說：「傅哥，你這話說的就有點幼稚了吧，北京這旮旯兒什麼事情不能發生啊？這不是無法無天，而是在法律範圍內的合法動機。警方傳喚了單正豪，不過隨即就允許他交保候審了。」

傅華大嘆說：「這樣的人還能交保候審？他對社會多危險啊！哎，有錢人就是好，把事情鬧這麼大還能沒事。」

胡東強冷笑一聲說：「他倒是想沒事，但那是不可能的。現在在風頭上，我不好對他做什麼。等事情平靜下來，你看我不好好教訓教訓他！媽的，以為我胡東強是那麼好惹的啊！」

傅華緊張地說：「胡少，你這是幹嘛啊，難道昨天那個場面還沒讓你害怕嗎？如果昨天單正豪真的開槍了，你想過結果是什麼樣子嗎？」

胡東強脾氣又横了起來，說：「結果什麼樣子我不管，反正我如果不教訓他，我就沒臉在北京混了。」

傅華勸說：「你要爭這個臉，其實不一定要自己動手，大可透過官方管道，單家可以施壓北京警方放人，你們胡家難道就不能施壓讓北京警方把人再抓起來嗎？難道你們胡家在北京沒有單家有影響力？」

胡東強搖搖頭說：「不是我們胡家在北京沒有單家有影響力的問題，他們單家算個屁啊，一個暴發戶而已。而是我不想把這件事讓我爸知道，他知道了，肯定會罵死我的。」

傅華聽劉康講當年胡瑜非的故事，知道胡瑜非也是性情中人，如果胡瑜非知道自己的兒子被人拿槍指著，肯定不會善罷甘休的。傅華也覺得昨天單正豪做得太過分了，如果不給這傢伙一點教訓，他還以為別人都好欺負呢。

傅華想拱胡瑜非出來對付單正豪，於是笑笑說：「胡少，你不告訴你父親，難道你父親就不會知道了嗎？你的車著火，單正豪在街頭公然拿槍對著你，這是多轟動的事，你父親會不知道？就算他現在不知道，很快他也會知道的。到那時候，他會覺得你任由拿槍指著你的人逍遙法外，是丟了胡家臉面的事，恐怕會更怪你的。」

胡東強聽了怔了一下，說：「這倒是啊，傅哥，那你覺得我應該怎麼辦比較好呢？」

傅華說：「我覺得昨天的事你並沒有什麼不對的地方，完全是單正豪仗勢欺人，你應該如實把情況反映給你父親知道。我想他就算要怪你，也得在幫你出了這口氣之後吧。」

胡東強聽了，想想說：「對啊，我爸那火爆脾氣可忍不下這口氣的。行了傅哥，我不跟你扯了，我要趕緊回去把這件事情跟我爸說一聲，說晚了的話，他可能真的會把我罵得狗血淋頭的。」

胡東強站起來就要往外走，傅華趕忙叫住他：「等會兒，先別走，把這張卡拿走。」

「傅華，你打我臉是吧？」胡東強有些不滿的說：「我送出去的東西豈有再收回來的。」

傅華笑笑說：「胡少，我不是要打你臉，而是覺得既然大家都是朋友了，這些就沒必要算得這麼清楚了吧？你如果拿我當朋友，就把卡收回去，車子的事就當大家玩笑了一次。」

胡東強面有難色地說：「那怎麼行啊，那件事我給你添了不少麻煩，一定得補償你一下的。」

傅華笑笑說：「補償不一定非要給錢啊，你可以請我吃頓飯，或者請我出去玩，什麼事不就都煙消雲散了嗎？」

胡東強見傅華執意不收，只好說：「這樣啊，既然傅哥你這麼說了，那行，這卡我收回來。不過，到時候我約你出來玩，你就不能再拒絕我了。」

傅華笑笑說：「沒問題。」

胡東強就把金卡拿了回去，然後說：「我得趕緊走了，我父親要是出面的話，單正豪估計不用到晚上就會被公安抓回去的。」

傅華點頭說：「趕緊去吧，單正豪那傢伙留在外面太危險了。」

胡東強就匆忙離開了。

傅華相信只要胡瑜非出面，單正豪這次一定會吃不了兜著走了。

第三章

知子莫若父

傅華認真地說：

「知子莫若父這話是不對的，很多父親對兒子太過嚴厲，讓兒子在父親面前縮手縮腳，顯不出真實的能力來。我認為胡少是可以的，因為他身上有您的基因。不知道您知不知道這樣一個笑話……」

傅華忙到中午，準備去吃午飯時，他的手機響了，接通後，胡東強說：「傅哥，我把事情跟我父親說了。」

「好啊，怎麼樣，他答應幫你出頭了嗎？」傅華問。

胡東強說：「他答應了，不過他說先要跟你談談，能不能麻煩你過來一下，你知道我父親住的地方。」

傅華愣了一下，說：「胡少，你是不是把我出主意的事也告訴他啦？」

胡東強尷尬地說：「不是我出賣你，而是他猜到了。你過來嗎？」

傅華說：「行，我馬上去。」

傅華就去了胡瑜非住的四合院，胡瑜非依然是一副居家的休閒打扮，看到傅華來了，招呼說：「傅先生，來，我們邊吃邊談吧。嘗嘗我們家飯菜口味如何。」

胡瑜非就領著傅華和胡東強去廂房的餐廳，一個雍容華貴、很有氣質的中年婦女正領著保姆在餐廳做菜。

胡瑜非介紹說這女人是他的夫人，傅華趕忙問了聲好。

胡夫人笑笑說：「你好傅先生，昨天謝謝你幫了我們家東強。」

傅華趕忙說：「夫人不要客氣，我是正好碰上罷了。」

胡瑜非說：「傅先生，坐下來邊吃邊聊吧。」

眾人圍著餐桌坐了下來，傅華看餐桌上擺的都是些家常小菜，並沒有什麼特別貴重的食材，心說胡家這麼大富大貴的人家吃飯倒是很樸實。

胡瑜非說：「我們家是川菜口味，傅先生吃得慣吧？」

傅華點點頭，說：「可以。」

胡瑜非又說：「我個人不喜歡茅臺的那種醬香味，喜歡喝黃酒，你如果愛喝白酒，我家裏也有，要喝的話，我可以給你開。」

傅華笑笑說：「不要了，客隨主便，我也喝點黃酒好了。」

胡瑜非就開了瓶古越龍山，給餐桌上每個人倒了一杯。

胡東強坐在餐桌旁十分規矩，大氣不敢出的樣子，似乎很怕他父親。

倒完酒，胡瑜非就開動領著吃菜，吃了一口，傅華才感覺到胡家的飯菜跟普通人家的不同，看似平常的菜，實際上都是精心烹飪過，口感比一流的飯店還要好。

桌上一道主菜是回鍋肉，配上青蒜等各類蔬菜，以豆瓣醬、甜麵醬等炒成。豬肉是先煮再炒，肥而不膩，和蔬菜紅綠相間，醬香濃郁，色香味俱全。

傅華不由得脫口讚道：「真好吃，五星級酒店也做不出這種家常味道來啊，夫人真是好手藝，平淡中見真功。」

胡夫人笑笑說：「傅先生喜歡就多吃點。」

胡瑜非說：「我最喜歡的也是這些基本菜式，百吃不厭啊。」

傅華嘴甜地說：「這也是夫人廚藝高超。」

胡瑜非忍不住說：「傅先生真是懂得做客之道啊，一個勁兒地稱讚女主人。」

傅華發誓說：「我說的可是實話。」

胡瑜非正色看著傅華說：「你說的是實話？好，那你告訴我，你讓東強跟我講單正豪拿槍指著他的事，用心何在？」

傅華心說：胡瑜非果然精明，居然看出他有別的用心。在這種老江湖面前，撒謊是很容易被看穿的，便老實承認：「坦白說，我是氣不過單正豪用槍指著我，想借您的手給他一個教訓。」

胡瑜非笑了起來：「你倒還真是坦白。」

傅華不好意思地說：「在您面前估計我就是想隱瞞也是會被看穿的，所以還不如坦白點的好。」

胡瑜非進一步追問說：「既然你認為坦白一點好，那你告訴我，你昨晚是怎麼跟東強遇到的？千萬不要跟我說你們是碰巧遇到的，那樣就好像在說我這個人太弱智，什麼話都會相信一樣。」

傅華看了看胡東強，胡東強也看著傅華，向他眨了眨眼示意傅華不要講。

傅華看這個情形，清楚胡東強並沒有把在茶館裏談判的事告訴胡瑜非。但是胡瑜非這麼問，那就是他可能已經知道什麼了，再去撒謊騙他，就沒什麼意義了。

傅華正斟詞酌句想要如何應付胡瑜非時，胡東強搶在前面說：「爸，您讓我們說什麼啊？我們就是巧遇上的啊，我們不這麼說，難道說要撒謊騙您嗎？」

胡瑜非瞪了胡東強一眼：「我沒問你，我等著聽傅華的答案呢。」

看來胡瑜非已經知道他約胡東強談判的事了，其實道上本來就沒什麼秘密可言，他跟胡東強的事鬧得滿城風雨，肯定會有很多人在關注他和胡東強的動向。胡瑜非雖然總是一副休閒的姿態示人，心中恐怕對發生什麼事早就瞭若指掌了。

傅華知道這時候不得不實話實說，便避重就輕的說：「我跟胡少並不是巧遇碰到的，其實是我跟胡少約了見面想解釋誤會的。誤會解釋完，我們從茶館出來，就遇到單正豪了。」

胡瑜非問：「那你能告訴我，你要跟東強解釋什麼誤會嗎？」

聽胡瑜非這麼問，胡東強緊張了起來，趕忙嗯哼了一聲，傅華不禁看了胡東強一眼，就看到胡東強衝著他直眨眼。這時胡瑜非的眼神也轉向胡東強，嚇得胡東強趕忙低下了頭。

傅華看看胡瑜非，說：「您這麼問，是不是已經知道了些什麼？」

胡瑜非說：「我是聽到了一些傳聞，別人告訴我的有點玄乎，我不太相信，我更想聽你說說究竟是怎麼回事，不知道傅先生可不可以坦誠以告啊？」

這傢伙太狡猾了，這是此刻傅華心中對胡瑜非的評價。胡瑜非這麼說虛實莫測，讓人摸不著他究竟知道了些什麼，又知道了多少，想要欺瞞他的話，就不容易了。

傅華只好對胡東強抱歉地說：「胡少，你們家老爺子太厲害了，我就是想幫你也幫不了啦，看來我只好實話實說了。」

胡東強也看出很難瞞過父親，無奈的說：「好吧，你就實話實說吧。」

傅華就笑笑說：「是這樣的，我聽說胡少因為高芸的事對我有些不滿，就透過一個朋友約胡少見面，想要當面把事情說開，消除我們之間的芥蒂，於是在這位朋友的居中聯絡下，在茶館見了面。我的朋友跟胡少關係還不錯，胡少很給他面子，所以我們談得很愉快，話說開後，誤會也就消除了。就這麼回事。」

傅華不想在胡瑜非面前指摘胡東強什麼，人家畢竟是父子，打斷骨頭還連著筋呢，在胡瑜非面前講胡東強做的錯事，不但胡東強會被胡瑜非罵，胡瑜非也會很沒面子。因此他回避了胡東強花錢買人花他的臉的事。

胡東強聽完，神情放鬆下來，傅華說的內容中他沒有什麼錯處，父親應該挑不出什麼指責他的理由來了。

胡瑜非別有所指地說：「傅先生，謝謝你這麼回護東強，起碼我知道這次東強交了你這個朋友還是很不錯的。」

傅華趕緊表示：「我不是回護胡少，只是實話實說而已。」

胡瑜非笑了笑說：「你是實話實說，不過你沒把最關鍵的部分說出來。」

傅華說：「我倒不這麼認為，關鍵的部分我已經講了。我跟胡少以前有誤會，現在誤會解釋開，我們和解了，這就是整件事的關鍵。至於之前誰做錯了，誰做對了，反正事情已經過去了，就沒必要再去囉嗦了，是吧？」

胡瑜非反問說：「這麼說倒是我的不是了？」

傅華知道無論從哪方面他都不是胡瑜非的對手，再說下去只會自討苦吃，就趕忙說：「胡董，我們不要光顧著說話，菜都要涼了。」

胡瑜非呵呵笑了起來，說：「傅先生，你很狡猾啊，見跟我說不下去了，就想趕緊轉移話題啊。」

傅華一語道破說：「其實我覺得狡猾的是您，您明明什麼都知道了，卻非要我再重複一遍，逼我做這個壞人，您好借機教訓胡少，我在您面前只有被利用的份，您這不是比我還要狡猾嗎？」

胡東強聽到這裏，苦著張臉說：「爸，您都知道了？」

胡瑜非用力瞪了胡東強一眼，說：「你在外面做的那些事以為能瞞得過我？」

傅華猜測胡瑜非一定是在胡東強身邊放了什麼人，不然昨晚那種見面的事，外人很少知道的，只有在場的人才會知道詳細情形。他想也許胡東強身邊的保鏢中就有胡瑜非的眼線。

胡東強低下了頭，不敢再發一言。

胡瑜非接著教訓道：「你現在越來越行啦，居然還會買凶了，是不是哪天你看我不順眼了，也會花錢買凶把我給做掉啊？」

胡東強趕忙辯解道：「爸，我哪敢啊？」

傅華也幫忙打圓場說：「胡董，其實胡少只是一時衝動，他並不壞的，經過溝通，他已經認識到自己的錯誤所在了，您就不要再說他了。」

胡瑜非恨鐵不成鋼地嘆說：「真是讓傅先生見笑了。你說這個傢伙吧，正事幹不了，壞事他也幹不成，就會不斷地惹麻煩，我真不知道他還能有什麼用處。」

傅華勸慰說：「您不要這麼說，胡少是性情中人，其實做朋友還不錯的。」

胡瑜非看了傅華一眼，說：「你認為他做朋友還不錯嗎？」

傅華點點頭說：「是，對我來說，做朋友胡少還是不錯的。」

傅華心裏有一句話沒說出來，那就是做對手也不錯，因為很容易就能對付得了。

胡瑜非聽了說：「既然你們是朋友了，以後可要互相幫襯些，尤其是你要幫我看著他，別讓他給我惹事。你對他說的那句話是對的，他不適合做壞人的。」

傅華說胡東強不適合做壞人這句話時，旁邊只有那兩名保鏢。傅華心說胡瑜非果然是在胡東強的保鏢中埋了眼線，看來胡瑜非對這個兒子看得挺緊的。

傅華笑笑說：「胡董別這麼說，做朋友本來就應該互相幫襯的。」

胡瑜非這時端起酒杯，說：「來，喝酒。」

傅華跟胡瑜非碰了一下杯，喝了口酒。

又吃了幾口菜之後，胡瑜非似乎不經意的問道：「傅先生，我能不能請問一下，那個白七在茶館裏提到的劉爺是誰啊？」

傅華看看胡瑜非說：「胡董是想到了誰吧？」

胡瑜非笑說：「我是想到了一個好多年沒見的老朋友，聽說他現在在道上被稱作劉爺，只是不知道我想的對不對？」

傅華賣著關子說：「胡董想的是誰就是誰了。」

胡瑜非的眼睛亮了一下，說：「他現在身體還好嗎？」

傅華點點頭說：「挺好的，他還跟我提起了當年跟您的樹林之戰呢，他很佩服您，很懷念當年的熱血歲月。」

「哦，」胡瑜非開心的笑說：「是啊，那時候真是熱血，腦門一熱就敢拿刀衝出去砍人，很值得懷念啊。」

胡東強在一旁聽了，驚訝的說：「爸，您還砍過人啊？這什麼時候的事啊，我怎麼從來沒聽您說過啊？」

胡瑜非眼睛一瞪，說：「怎麼，不信啊？臭小子，你但凡有我一點膽色，也不至於讓傅先生給嚇住了。」

傅華忍不住笑說：「劉董的話竟然跟您說的一樣，他說我如果遇到的是您，那我昨晚可能就完蛋了。」

胡瑜非感嘆說：「還是他瞭解我啊。說到這裏，傅先生，我心中有個疑問待解，不知道你能不能幫我解惑？」

傅華說：「什麼疑問啊？」

胡瑜非笑笑說：「我怎麼看你也不像是那種亡命之徒，但是你身上那麼多傷疤，又跟這位劉爺這麼熟，你不會真的是在道上混過吧？」

傅華哈哈大笑起來，揭開謎底說：「不是，我大小也是個小官，身家清白，怎麼會是道上混的呢？我跟劉董的交往是另外一個故事。至於身上的刀疤，那不是我去跟人拼命留下的，您如果關注社會新聞就會知道，有人因為嫉恨我捅了我幾刀，如此而已。」

「嘿，你這傢伙，」胡東強捶了傅華肩膀一下，笑道：「原來你是騙我的啊，我還真的以為你跟別人玩過命呢。」

傅華笑說：「我不騙你，難道還真的要去跟你玩道上那一套啊？」

胡瑜非讚賞說：「原來如此，你很聰明啊，善於利用各種事物為自己所用。」

傅華說：「我也是不想把事情鬧大，鬧大了對我也沒什麼好處的。」

胡瑜非笑笑說：「我知道你是讓著東強的，來，這杯我敬你，謝謝你給東強臺階下。」

傅華趕忙說：「胡董您真是客氣了，這社會本來就是讓一步海闊天空嘛。」

胡瑜非看著胡東強，教訓說：「你聽到沒有，以後你要多跟傅先生學學才對，別什麼事都要打要殺的。」

胡東強這次倒沒對胡瑜非的話有甚麼反感，也端起了酒杯說：「傅哥，我這次是真的服你了，來，我陪一杯，以後咱哥倆要多親近親近。」

胡瑜非滿意的點點頭，說：「這就對了，來傅先生，我們一起喝了這杯。」

三人就一起喝了杯中酒，互相又各敬了幾杯。

由於是家宴，沒有怎麼鬧騰，吃喝一番後，這場午宴就算結束了。

傅華覺得自己該告辭了，剛想站起來，胡瑜非卻先站了起來，說：「走，跟我去書房喝杯茶吧。」

傅華看胡瑜非沒有要胡東強一起去書房，知道胡瑜非是有話想單獨跟自己說，便笑笑說：「好啊，我還記得上次在您這喝的文山包種的香味呢。」

兩人就去了胡瑜非的書房，坐定後，胡瑜非開始做燒水燙壺等功夫茶的步驟，一邊說：「傅先生，平常也泡茶嗎？」

傅華笑笑說：「我不耐煩這個，更喜歡直截了當拿大茶杯沖著喝。」

胡瑜非說：「一開始我也不太喜歡這個，但是後來泡過幾次之後，我才明白所謂的茶道真諦。其實這些程序不僅僅是為了讓茶泡出來更香，而是讓你在經過這些程序後，把心靜下來。只有心靜，你才能真正品味出茶的香氣。」

傅華不禁說：「胡董這話很有哲理啊，看來以後我也要試試功夫茶了。」

胡瑜非笑說：「試試你就知道這其中的好處了。誒，傅先生，你再遇到那位劉爺，跟他說一聲，就說我胡瑜非也挺想念他的，如果他願意的話，找時間一起喝喝茶什麼的。可能是我現在上了年紀吧，常常會想起以前的一些事，對一些過去的朋友很想有機會再聚一聚。」

傅華答應說：「行，這話我會幫您帶到的。」

胡瑜非這時已經將茶泡好，用竹鑷子夾了一杯遞給傅華，說：「嘗嘗這個，武夷大紅袍，送給我的朋友說，這是九龍窠陡峭絕壁上僅存四株千年古樹上採下來的，是真正的武夷大紅袍。」

傅華拿起茶杯喝了一口，感覺茶香濃郁，有一種獨特豐厚的桂花香味，據說這是武夷大紅袍獨有的岩韻。傅華讚嘆說：「在您這兒總是能喝到好茶。」

胡瑜非高興地說：「想喝的話，就常來我這裏坐坐好了。」

傅華笑說：「這我可不敢，您多忙啊，我哪敢隨便來打攪您啊。」

胡瑜非說：「其實我也沒怎麼忙，天策集團現在已經上了軌道，我這個董事長垂手而治就可以了。我現在唯一擔心的就是東強這傢伙，唉，我胡瑜非自認也算是英雄一世了，唯獨在這個兒子身上，我真是束手無策啊。」

胡瑜非一邊說著話，一邊給傅華又斟滿了茶，說了聲請，兩人各自把茶喝了。

放下茶杯後，傅華看了看胡瑜非，說：「其實我感覺胡少也沒那麼差，他做事挺有一套的。就像上次安排人伏擊我，劉董查了半天也沒查到這事是他幹的。」

胡瑜非搖搖頭，不以為然地說：「他也就是做壞事這點勁頭吧。做正事他就不行了。」

傅華說：「那可不一定，胡董試過讓胡少獨當一面嗎？」

胡瑜非嘆說：「我怎麼敢啊？讓他在公司做點小事他都做不好，我還敢讓他獨當一面？出了問題，我要怎麼跟公司的股東交代啊。」

傅華笑說：「那可不一定，您沒試過讓他獨當一面，又怎麼知道他不行呢。依我看他是可以的，只是您沒給他機會罷了。」

胡瑜非有點不相信的說：「你怎麼就認定他可以呢，知子莫若父，我只知道這小子平常除了玩女人，跟人鬥富之類的這些無聊事情外，從沒看到他辦成一件正經事。」

傅華認真地說：「我覺得知子莫若父這話是不對的，很多父親對兒子太過嚴厲，讓兒子在父親面前縮手縮腳，顯不出真實的能力來。我認為胡少是可以的，因為他身上有您的基因。不知道您知不知道這樣一個笑話……」

傅華講了一個關於邱吉爾、羅斯福和希特勒的笑話。笑話說要從三個人當中選出一名作為國家領導人，問你會選誰。

候選人A：跟一些不誠實的政客有往來，而且會星象占卜學。他有婚外情，是個老菸槍，每天喝八到十杯的馬丁尼。

候選人B：過去有兩次被解雇的記錄，睡覺睡到中午才起來，大學時吸鴉片，而且每天傍晚會喝一大瓶威士忌。

候選人C：是一位受勳的戰爭英雄，素食主義者，不抽菸，偶爾喝點啤酒。從沒有發生過婚外情。

很多人自然會選擇C，C各方面都很優秀，又有道德水準。但是結果卻是大大出人意料，候選人A是羅斯福，B是邱吉爾，C則是希特勒。

傅華講完這個笑話後，笑笑說：「胡董，不是人有惡習就不能把事情做好，再是，您也不要用自己作標準去衡量胡少，您太優秀了，相對的就把胡少給比差了。」

胡瑜非十分懷疑地說：「他真的行嗎？我總覺得他不具備獨當一面的能力。」

傅華鼓勵道：「就讓他試試嘛。不過你可別拿一點小事去讓他試，作為您的兒子，胡少自小就應該見過大世面的，你給他小事做，他是提不起勁頭來的。」

胡瑜非擔心地說：「給他大事去做，做壞了怎麼辦？」

傅華笑說：「怎麼會做壞了呢？這點胡董應該學學香港首富李嘉誠。李嘉誠讓他大兒子李澤厚主掌和記黃埔就是一個很好的例子，他把自己的左右手派去輔佐李澤厚，和記黃埔在李澤厚手中不是發展得順風順水的嗎？你怕胡少有什麼閃失的話，也可以派人輔佐他啊。」

胡瑜非聽了說：「你的意思是我讓手下的老臣去輔佐東強？」

傅華說：「對啊，胡少不是您的唯一繼承人嗎？您不給他機會試一試，又怎麼知道他不行呢。」

胡瑜非慎重考慮著說：「你這麼說，倒是讓我心動了，也許我真的應該讓東強闖一下的。」

傅華力勸說：「就讓他試試吧，你讓他有點事做，他也就不會那麼無聊的到處惹事了。」

胡瑜非聽了笑說：「這倒也是。傅先生，我越來越覺得你是一個胸有城府的人，難怪劉康會願意幫你。說到這裏，你還沒告訴我，你跟劉康究竟是怎麼一個關係呢。」

傅華饒有趣味地說：「我跟劉董的關係就複雜了，有點跟您與他的關係相似。」

胡瑜非訝異地說：「你們之間也有過生死決鬥？這越發讓我好奇了，為了什麼啊？」

傅華語帶保留地說：「也不算是生死決鬥啦，那是很久的事了，我們曾經都想置對方於死地，原因嘛，是因為他的手下失手害死了一個對我有恩的女人。這事說起來就複雜了。算了，還是不說了。」

胡瑜非倒也沒有追問下去的意思，就說：「看來傅先生的經歷很豐富啊。我看你是個很有才華的人，就這麼窩在駐京辦不覺得屈才了嗎？」

傅華不以為意地說：「我覺得挺好的啊。您別看不起駐京辦，這個舞臺面向的範圍可是很寬廣的，很有發揮的空間。」

胡瑜非點點頭說：「這我知道，不過，一個市級的駐京辦層次還是太低了。你影響不來別人，只會被人影響。你上不了層次，就無法主宰自己的命運，什麼事情都得看別人的臉色行事。我感覺你和我一樣，都是心氣高的人，想來看別人臉色對你來說，並不是一件容易接受的事情吧？」

傅華淡然地說：「有些事是有些窩火，不過我還是有辦法應付的。」

胡瑜非說：「應付總是被動的，為什麼不自己掌握主動呢？」

傅華看了眼胡瑜非，說：「胡董是什麼意思啊？」

胡瑜非笑笑說：「你為什麼不跳出駐京辦這個舞臺呢？就衝著你昨晚應付東強玩的那一手，我覺得你應該可以應付更大的場面的。」

傅華含蓄地說：「胡董，我沒覺得自己不能應付更大的場面，而是我對經商沒興趣。」

胡瑜非笑笑說：「你別以為我是想拉你去天策集團，我是想憑我胡家的影響力，也可以幫你在官場上有所作為的，你如果不想離開北京，我也可以安排你在北京的部門工作。」

傅華有些受寵若驚地說：「胡董，為什麼您要這麼做呢？」

胡瑜非說：「我是感謝你對東強的幫助，我看得出東強現在對你很折服，東強需要你這樣的人跟他做朋友。而且，你如果在北京發展好的話，對他的幫助會更大的。」

原來胡瑜非打的是這樣的算盤啊，傅華笑笑說：「這就沒必要了。您放心，只要胡少願意跟我做朋友，我能幫的忙一定會幫的。」

胡瑜非誠摯地說：「你不要急著回絕我，我們胡家跟你岳父鄭家不同，鄭家自鄭老退休後，他的子弟大多不願意進入政壇，所以呈現出一種在政壇影響逐漸式微的態勢。但我們胡家在政界還有一些在臺上的人物，如果想扶哪個人上位，只要你想的不是太高，胡家還是有這個能力的。」

傅華略微沉吟了一下，還是搖了搖頭。也許他是可以借助胡家的勢力往上走得更遠，但是他也會被打上胡家的烙印。以後他在政壇上就是所謂的胡家的人了，就算他不用看一些人的臉色，他還是得看胡家的臉色。

傅華今天已經領教了胡瑜非的厲害，他可不想被這樣一個人物掌控，如果靠胡家上位，這傢伙一定會從他身上攫取最大的利益的。

傅華更享受跟鄭老家的這種關係，鄭老的家族各有各的發展，子弟都遠離政壇，他們對他並無所求，在他需要幫助的時候，鄭家還能提供他們力所能及的幫助。這些對他就夠了，有此做基礎，他亦無需再去投靠什麼別的家族。

雖然傅華心裏這麼想，但是他不想嚴詞去拒絕胡瑜非，畢竟結好胡家對他在北京的發展不無益處。便笑笑說：「胡董，首先我很感激您這麼看重我，但我這個人，不求上進，小富即安，對仕途沒有太大的想法。不過有一點您放心，我和胡少既然做了朋友，胡少如果需要我幫什麼忙，我一定會盡全力的。」

胡瑜非有些意外地說：「傅先生，你要知道外面很多人如果得到我剛才那樣的承諾，不知道會有多高興呢。」

傅華一副隨遇而安的樣子說：「爾之蜜糖，我之砒霜，人的想法各有各的不同。」

胡瑜非不禁笑了起來，說：「爾之蜜糖，我之砒霜。有意思，傅先生，你讓我對你更加感興趣了。你能告訴我你的真實想法嗎？不要講什麼小富即安之類的官話，說說你心中真正的想法，我知道你是心高氣傲的。」

第四章

權力核心

胡瑜非的出現給了傅華另外一個思路，
這是他第一次跟還在權力核心中的家族這麼密切的聯繫。
他不會投靠胡瑜非，但是無妨利用一下胡家的影響力，
為自己加一層保護色，讓他的保護網含金量越來越高。

傅華看著胡瑜非說：「胡董真要聽我的真實想法？有時候真話是會傷人的。」

胡瑜非表情嚴肅地說：「你不會以為我胡瑜非連聽真話的雅量都沒有吧？」

傅華笑笑說：「好吧，我跟您坦白。我不想接受您的安排，是因為我更願意跟您做朋友，而非成為您的奴才。如果我接受了您的安排，到時候我再想跟您這麼坐著喝茶恐怕就不容易了。我很喜歡喝您泡的茶的。」

胡瑜非呵呵笑了起來，一邊又幫傅華倒滿了茶，一邊說：「劉康眼光果然不錯，說實話，你這傢伙實在很另類，現在的官場上，奴才多，有自己思維的少。我現在倒有點感激東強在你身上惹出這麼多事情來了，要不然我怎麼能結識到像你這麼有意思的朋友呢？在這個世界上，要找一個有意思的朋友不容易啊。」

傅華趕忙謙虛地說：「多謝胡董這麼看得起我。」

胡瑜非批評說：「你這話言不由衷啊。既然想做平等的朋友，也就沒什麼多謝不多謝的了。誒，以後不要叫我胡董，叫我老胡就好了，我就稱你的名字傅華。」

傅華聽了說：「那不行，我如果那麼叫您，胡少會有意見的。這樣，您是長輩，我就叫您一聲胡叔吧。」

胡瑜非高興地說：「也行。誒，傅華，我突然有個想法，本來天策集團有計劃在華東一帶建一個灌裝廠，還沒開始選址，現在我想說服董事會把這個灌裝廠放到東海去，乾脆就選你們海川市吧；這塊業務呢，我準備讓東強去負責。你看怎麼樣？」

傅華開玩笑說：「胡叔，您這是非拖上我的意思啊。」

灌裝廠放在海川，又是胡東強負責，傅華作為海川的地主，自然可以從中幫忙胡東強處理跟地方政府的一些關係；同時，天策集團如果落戶海川，對傅華來說，自然又是一個招商引資的政績，這也是對傅華的回報。不能不說胡瑜非這個算盤打得極為精明，而且面面俱到。

胡瑜非笑笑說：「是你說東強能做成大事的，現在我把機會給他了，你總不能光看著不幫忙吧。」

傅華許諾說：「行，胡叔，你這招我接下了。胡少到海川，我會盡力幫他處理好跟當地政府的關係的；同時我也感謝您對我工作的支持。」

天策集團是國內飲料業的執牛耳者，他們建設的區域灌裝廠投資額最少也要上億來計算，不得不說胡瑜非這是給了傅華一個很大的人情。

胡瑜非滿意地說：「既然你答應了，那我就把東強叫進來，把這件事跟他說一下。」

胡瑜非就把胡東強叫了進來，然後說：「東強啊，你也老大不少了，不能總是在社會上晃悠，剛才我跟傅華聊了一下，我們都覺得應該給你找點事情做一做了。」

胡東強嗤之以鼻地說：「爸，您就別浪費那個時間了，你心裏從來都看不起我，總是給我一些小事做，還覺得是給了我很大的恩惠，說實話，我一點興趣都沒有。」

胡瑜非又眼睛一瞪，說：「臭小子，你不從小事做起，又怎麼能做大事呢？」

胡東強癟著嘴說：「我就不愛聽您這麼說，有些人就是適合做大事，小事他是不屑去做的。」

胡瑜非看著寶貝兒子說：「這麼說，你認為自己是做大事的人嘍？」

胡東強理直氣壯地說：「那是當然了。」

胡瑜非說：「那行，這次我就給你一件大事去做，試試你究竟是塊什麼材料。」

胡東強反而愣了一下，不敢置信地說：「你真的要給我大事做？你沒有騙我吧？」

胡瑜非笑笑說：「我騙你幹嘛。你大概也聽說了天策集團要籌建華東地區的灌裝廠了吧？」

胡東強點點頭說：「是啊，您不會是想讓我去負責其中一部份的工作吧？」

胡瑜非說：「看你那點肚量，你是我胡瑜非的兒子，要負責的話，也是負責全面的工作，怎麼會只負責某一部份的呢？」

胡東強簡直呆住了，驚喜地說：「爸，你要把這麼大的項目交給我來負責，是真的嗎？」

胡瑜非點點頭，說：「是真的，這次我要你從籌建就開始負責，直到整個項目完成。」

「這，這，」胡東強喃喃的說道：「這幸福來得太快了，讓我都有些眩暈感了。」

胡瑜非正色說：「臭小子，項目我交給你了，你可要把項目給我做好，不要打我的臉。怎麼樣，有信心嗎？」

胡東強忐忑的看了胡瑜非一眼，說：「爸，說實話，我還真是一點信心都沒有，我從來沒負責過這麼大的項目。」

胡瑜非不禁看了一眼傅華，說：「傅華，你看到了吧，我說他不行吧，這項目還沒開始他就已經沒信心了。」

傅華卻說：「胡叔，我倒覺得胡少這樣是好事。這說明胡少由這一刻起，已經開始對項目的事戒懼戒慎了，做項目不是吹牛，怕的就是張狂，本來就應該謹慎小心，做好每一個細節，才能完成好整個項目的。」

說著，他看了胡瑜非一眼，笑笑說：「胡叔，不說別人，就說您吧，如果驟然接到一個大項目，您是會信心滿滿，還是會先想到項目可能產生的困難呢？」

「你這麼一說倒也是。東強，這次是傅華強烈建議我這麼做的，灌裝廠初步選址我也想定在海川市，回頭有什麼事，你多跟傅華商量，要多聽他的意見，知道嗎？」胡瑜非交代兒子。

胡東強立即看向傅華，感激地說：「傅哥，沒想到你對我這麼有信心啊，謝謝了。」

傅華打氣說：「胡少，你可以的。這次的機會難得，你可要把握好啊，千萬不要丟了胡叔的面子。」

胡東強鄭重地點點頭說：「我一定認真的去做好的。」

胡瑜非看到胡東強信誓旦旦的表情，心想也許以前我真是對兒子鼓勵太少了，今後可要多鼓勵鼓勵他。便伸手拍了拍胡東強的肩膀，罕見地用慈愛的口吻說：「兒子，好好做吧，爸爸期待你能證明自己的能力給天策的人看。」

傅華看著胡瑜非父子倆，心中暗自慶幸沒在胡瑜非面前說胡東強的壞話，父子就是父子，不管怎樣都是親近的。

同時傅華也看出來，胡瑜非這麼做，既是為了考驗兒子的執行能力，也是為了讓兒子在眾人面前拿出成績來，開始為胡東強的接班鋪路了。

灌裝廠項目雖然投資很大，但是基本上，只要按照預定的方案選好址，做好建設的工作就行了，不需要前瞻性和開拓性。至於一些細節問題，傅華相信胡瑜非一定會安排天策集團中有能力的臣子來輔佐胡東強，也一定不會出問題的。

談完這件事，傅華就站起來準備告辭，胡瑜非讓胡東強送送傅華。

胡東強把傅華送到門外，感謝說：

「傅哥，我真不知道怎麼跟你說感激的話了，你不知道我爸這個人，他總覺得我還沒成熟，不願意給我機會。今天幸虧你幫我說話，不然我還不知道要等到猴年馬月去呢。」

傅華笑說：「不要這麼說，其實胡董對你期許很高，他只有你這一個兒子，不希望你有什麼閃失，所以未免謹慎了些。只是這次恐怕你得離開北京這個圈子一段時間了。」

胡東強無所謂地說：「男人本要以事業為重，再說北京離海川也不遠，隨時可以回來。」

傅華說：「我沒看錯你。好了，我走了。」

「傅哥慢走。誒，傅哥，你如果對高芸有什麼想法，愛怎麼樣就怎麼樣吧，不用管我了。」胡東強突然丟了句。

傅華再次澄清說：「你這傢伙，我跟你說過了，我們只是朋友。」

胡東強笑笑說：「可是男女間是很難有純友誼的，而且那天我注意到高芸對你很有好感。」

「去你的吧，」傅華笑罵說：「我已經有老婆了。」

胡東強笑說：「那不是理由，男女間如果有那種想法，城牆也擋不住的。」

「好啦，別瞎說了，」傅華衝胡東強揮了揮手，說：「走了。」

「慢走啊，對了，傅哥，回頭我安排一下，到時候我們找個地方好好玩一下。」胡東強說。

傅華說：「好，到時候給我電話吧。」

傅華回到駐京辦，剛到辦公室，就接到市長孫守義的電話。

孫守義說：「傅華，有件事跟你說一下，你知道何飛軍現在的老婆顧明麗吧？」

傅華聽了說：「知道啊，什麼事啊，市長？」

孫守義交代著：「顧明麗剛跟我說她要去北京看何飛軍，到時候你接待她一下。還有，這對夫妻都是麻煩人物，你得多注意他們，不要讓他們在北京丟我們海川市的臉。」

傅華心想：這可不是我能管得了的事，上次何飛軍嫖妓被抓，因為我跟市裏彙報，至今對我還懷恨在心呢。

不過孫守義交代下來的事，傅華也不得不先應承下來，便說：「好，市長，我會注意的。」

孫守義接著又問：「最近何飛軍在北京怎麼樣啊？」

傅華回說：「出了那件事之後，他現在倒挺收斂的，週末從黨校過來，也都待在房間裏，不怎麼活動。」

孫守義總算鬆了口氣，說：「看來他是吸取了些教訓，老實一點好啊，我也放心一點。曲志霞那邊又是什麼情況啊？」

傅華報告說：「曲副市長在認真學習呢，早出晚歸的，十分刻苦。」

孫守義笑說：「看來我們的曲副市長還真是想學點東西呢。好了，沒什麼事我掛了。」

傅華覺得應該把天策集團要在海川建灌裝廠的事跟孫守義報告一下，好讓市裏預做準備，也讓孫守義知道他在駐京辦是做了些事的，便說：「市長，還有一件事我要跟您彙報，天策集團要在華東區建一家灌裝廠，我跟他們的董事長胡瑜非接觸了一下，他有意把灌裝廠放在海川市。」

「哦，」孫守義驚喜地說：「天策集團的胡家要來海川，這是好事啊，他們準備什麼時間來啊？」

傅華說：「什麼時候還不確定，不過肯定是近期的事，我想市裏最好做些準備工作。」

孫守義一口應承說：「行，你儘量爭取把這件事拿下來。你知道嗎，最近市裏對你們駐京辦的工作可是有不少的意見，尤其是金達書記，更是覺得你們的招商引資工作停滯不前，甚至說如果再這樣下去，要考慮動你們駐京辦的班子了。這個項目如果搞成的話，別人就不好再說什麼了。」

傅華聽了說：「我會盡力辦成這件事的，市長。」

孫守義說：「你心中有數就好，掛了。」

傅華收了電話，眉頭皺了起來，金達的格局就是不行啊，他一定是還記恨上次自己跟他說的那個塞千里的寓言，處心積慮的想要找機會報復呢。

傅華在心裏罵了金達一句混蛋，我為海川市辦的事還少嗎？你這樣說我，簡直是雞蛋裏挑骨頭。

他有些無奈，金達畢竟是海川市市委書記，有權對他進行批評和處分，甚至隨時可以免去他駐京辦主任的職務。

金達這種做法讓傅華想起今天胡瑜非跟他說的那些話。確實是，受制於人的滋味並不好受，雖然他並不會去接受胡瑜非的幫助，但還是要儘快擺脫現在這個局面才好。只是怎麼樣才能擺脫這種受制於金達的局面呢？

他和金達鬧到這個地步，金達對他的恨意已深，即使他主動向金達低頭，金達也不會接受的，必須要金達對他感到敬畏才行，那就必須要編織起能夠保護他的網路才行。

現在胡瑜非把胡東強託付給他，傅華覺得這倒是可以利用一下，他要讓金達知道胡家跟他是站在一邊的，他再想動他的時候得思量思量。

但是胡家也是其中的一環，傅華覺得要想徹底保住自己不看別人的臉色，他必須要有其他的配套措施才行。

目前他接觸的圈子裏，像是鄭老、蘇南、程遠這些人，基本都是在權力邊緣的狀態，想要用他們來震懾金達，力量稍嫌弱了一點。他們手中已經沒有真正的權力，需要通過那些還在臺上的人才能發揮作用。

這也是金達敢屢屢找他麻煩的主要原因。因此他現在的狀況是表面強大，實際上卻是不堪一擊。

鄧子峰倒是一個在臺面上的權勢人物，未來的發展趨勢也很好，但是傅華不敢完全去依賴鄧子峰。鄧子峰這個人心中太多的政治盤算，傅華不知道在關鍵的時候，他會不會因為利益被鄧子峰給出賣。

對這種在上位者，利用一下可以，千萬不要把所有的事都寄託在他們身上，否則會死得很慘。

胡瑜非的出現給了傅華另外一個思路，這是他第一次跟還在權力核心中的家族發生這麼密切的聯繫。他不會投靠胡瑜非，但是無妨利用一下胡家的影響力，為自己加一層保護色。

以後他也要想辦法去多結識一些像胡瑜非這種影響力巨大的人物和家族，然後編織進他的保護網中，讓他的保護網含金量越來越高。

隨著這張保護網的成色越來越強，也許將來金達不但不敢再來打壞主意對付他，還要看他的臉色行事呢。

權力的大小並不在於你在什麼位置上，更不在於你級別多高，而在於你能真正影響到什麼。你如果能夠影響到別人的榮辱，那你自然就擁有了莫大的權力。

這也是中國幕後權力大行其道的原因，很多早已不在其位的人卻還擁有足以決定一切的權力，就是因為他們擁有決定他人榮辱的能力。

傅華想要的就是這樣一種權力，這倒不是他想利用這種權力為自己謀取什麼好處，而是希望借此保護自己不受傷害。

也許駐京辦主任只是一個旁觀者，但是他這個旁觀者必須得到應有的尊重。

首都機場。

上午，傅華在機場接到了顧明麗。

何飛軍為了這個女人拋棄髮妻，對這個最近把海川政壇鬧得沸沸揚揚的女人，傅華大感好奇。傅華沒見過顧明麗，不免對顧明麗的樣貌有所猜測。

一見之下，傅華有些稍稍失望，這個顧明麗看上去並不是那麼出色，也就是一個很平凡的職場女性，說不上醜，卻也無法說她漂亮。

這倒是跟時下的一種說法吻合，有人說其實很多小三並不是天姿國色，甚至有些醜，但是她們都有一個共同的特點，那就是一種豁出去的勇氣；這股豁出去的勇氣讓她們能夠俘獲那些有權有勢的男人。

從聽聞到的事情來看，顧明麗能夠成功上位，從小三轉成正宮，正與她敢豁出去有著莫大的關係。因此傅華感覺在何飛軍和顧明麗的這段婚姻當中，顧明麗是屬於強勢的一方。

出現在傅華面前的顧明麗也確實是一種強勢的狀態，昂首挺胸，神態倨傲，見到傅華很自然地就將手中的物品遞給傅華，然後自顧的往外走，連句客套話都沒有，似乎她這個副市長夫人是多麼大的一個人物一樣。傅華未免暗自好笑，話說就算是何飛軍也不敢這樣子對他。

傅華心說：難怪這對夫妻能湊到一起去，這兩人素質都很差，湊在一起正好。

傅華將顧明麗安排在海川大廈住下，因為是週五，晚上何飛軍便會從黨校回來跟顧明麗會合。

何飛軍見到顧明麗，不時偷眼看著顧明麗的神色，他很擔心顧明麗在海川聽到他在北京嫖妓被抓的事。顧明麗看上去神色如常，見到他還很高興，絲毫沒有要怪罪他的意思，這讓何飛軍總算鬆了口氣。

兩人在海川大廈簡單的吃了點東西，就回房間休息，免不了又是一場床上運動。

激戰過後，顧明麗滿意地說：「你戰鬥力還不錯，看來在北京這段時間還算老實。」

何飛軍趕忙諂媚說：「有你這麼個好老婆在，我自然會守住自己的。」

顧明麗哼了聲：「算你乖。誒，你在北京常來海川大廈嗎？」

「哪能常來啊，黨校管理很嚴的，只有週末能過來看看。再說，我也不太願意來駐京辦，傅華那傢伙眼睛長在頭頂上，只知道有書記、市長，根本就不把我放在眼中。」何飛軍大發牢騷。

何飛軍至今仍對傅華向市裏彙報他嫖妓被抓一事耿耿於懷，也不願意跟傅華見面，因此平常很少過來駐京辦。

顧明麗附和說：「是啊，這個傅華真不是個東西，在機場接我的時候，看我的眼神裏就帶著嘲諷，似乎很看不起我的樣子，我也沒給他好臉色看，直接就無視他了。」

何飛軍恨恨地說：「那傢伙每次看見我也是陰陽怪氣的。」

顧明麗氣呼呼地說：「等著吧，等這次吳老闆幫你運作成的話，先收拾了他。」

何飛軍看了顧明麗一眼，說：「明麗啊，你說的這個吳老闆靠譜嗎？我怎麼覺得這事有點懸啊？」

顧明麗斥責說：「你這個人就是這樣，畏首畏尾的，難怪孫守義越來越不待見你了。怎麼會不靠譜啊？我跟你說，吳老闆這個人是實實在在的企業家，人家可是億萬富翁。我是以前採訪當中認識他的，給他做過一個專題，對他的家底十分清楚。」

何飛軍解釋說：「我不是說不相信他有錢，我是覺得他說的幫我買官這件事有點懸。事情會像他說的那麼容易嗎？」

顧明麗嗤說：「什麼容易啊，那可是要拿出幾百萬真金白銀來的。他說起來容易，那是因為他有錢，花這幾個錢不在乎。換在你身上試試，看還容不容易啊？」

何飛軍尷尬的笑笑說：「那是，我哪有那麼多錢啊。」

顧明麗不滿地說：「我就是被你騙了，原本以為副市長應該有錢有勢的，誰知道你這傢伙要錢沒錢，要權沒權，簡直是一無是處。」

何飛軍聽了，反駁說：「話可不能這麼說，我這個副市長還是很受人尊重的。再說，當初你跟我在一起也是自願的，少說什麼騙不騙的。」

顧明麗抱怨說：「我就是被你騙了的，你看，我跟了你之後，別人哪一個對我有好臉色了？金達和孫守義更是對我臉不是臉、鼻子不是鼻子的。我跟你說，這次對你來說很關鍵，這六個月的黨校進修很快就會結束，結束後，組織部門一定會對表現優良的學員提拔重用的，吳老闆在這時候幫你花上錢，你就可以順利的上一格；到那時候，就算你做不上書記，起碼也是個市長，我們就不用再去看金達和孫守義那倆王八蛋的臉色了。」

何飛軍有點猶豫的說：「能上一格當然是最好了，但是這種事也不是沒有風險，一旦事情敗露，我可能連副市長都沒得做了。」

「呸呸呸，」顧明麗連啐了幾口唾沫，罵說：「你個烏鴉嘴，事情還沒開始做呢，你就說這種喪氣話，真是不知所謂。」

何飛軍膽怯地說：「我是心裏有點不安，在我來說，從來沒有遇到過這種天上掉餡餅的事。」

顧明麗教訓說：「這你就不懂了，吳老闆這是在搞投資，他花錢幫你買市長，你做了市長之後，你治下的有些項目是不是就會優先讓他來做啊？這是互惠的，是你正好有這個投資價值他才會這麼做的，可不是天上掉什麼餡餅。」

何飛軍聽了說：「你確定明天吳老闆會來北京嗎？」

顧明麗說：「他跟我說了要來北京幫你引薦個朋友，不可能說話不算話的。要不，我再跟他落實一下？」

何飛軍說：「嗯，你落實一下吧，我總覺得事情不是那麼容易。」

顧明麗就撥了電話給吳老闆，何飛軍在一旁側耳聽著。

電話通了後，顧明麗問候說：「你好，吳老闆，我顧明麗啊。」

「你好顧記者，到了北京沒有？」吳老闆說。

顧明麗笑笑說：「已經到了，正跟我們家老何在一起呢。您呢，什麼時間能到北京啊？」

「我要明天上午才能飛北京，放心好了，耽擱不了晚上的見面的。誒，你讓你們家的那位到時候打扮得精神一點，給對方留個好印象。」吳老闆特別提醒道。

顧明麗趕忙說道：「這您放心，我會幫他好好打扮一下的。」

這時，何飛軍捅了一下顧明麗，說：「誒，你讓我跟他聊兩句。」

顧明麗就對吳老闆說：「吳老闆，我家那口子想跟您聊兩句，您看可以嗎？」

吳老闆笑笑說：「行啊，你把電話給他吧。」

何飛軍把手機接了過去，「您好吳老闆，我何飛軍。」

「您好啊，何市長。」吳老闆寒暄道。

何飛軍一聽，立即糾正說：「不是市長，是副市長。」

吳老闆笑了笑說：「一樣，等這次我幫您運作完，您肯定就是市長了。

顧記者把您的情況都跟我說了，我聽了之後，覺得您很可以做一個合格的市長，只是因為在上層沒有能夠幫忙的關係而已，而這一點恰恰我有。」

何飛軍試探地說：「您就這麼有把握？」

吳老闆笑說：「有把握的不是我，是我的朋友，他在北京高層有很多關係。要不是您現在受到級別限制，不能一下子升遷太多，不然幫您弄個副省級也是沒問題的。」

何飛軍一聽眼睛立時亮了，說：「真的嗎？你那朋友可靠嗎？」

吳老闆笑笑說：「當然啦，我那個朋友在北京是有生意的，做得還挺大，不會是騙人的。」

何飛軍心裏不禁笑開了花，說：「那明天期待跟您和您的朋友見面了。」

吳老闆笑笑說：「我也期待明天的見面。」就掛了電話。

顧明麗看著神情興奮的何飛軍，說：「這下信了吧？」

何飛軍點了點頭，說：「信了。媽的，回頭我要是做上了海川市的市長，第一件事就是先把傅華這個王八蛋給撤換了。」

第五章

買官遊戲

吳老闆的朋友是這場買官遊戲的關鍵人物，
下一步就是要看這個朋友是否靠譜了，
因此何飛軍很急於見到這個人。
吳老闆說：「還沒，他說路上堵車，
要晚幾分鐘，我們在這兒等他一下吧。」

第二天是週六，傅華並沒有來海川大廈，累了一周的他很想在家好好休息一下。

最近一段時間，鄭莉也十分忙碌，他們夫妻雖然在一個屋簷下生活，但是鄭莉都很晚才回來，回來又是疲憊得要命的樣子，兩人難得有時間聊上幾句。

每當傅華想要跟鄭莉有親密行為時，鄭莉都是以累推拒，實在推不過去，也是草草的敷衍了事，搞得傅華很沒情緒；傅華就想趁著週末休息日跟鄭莉好好聚一聚，修復一下夫妻關係。

然而，當傅華還賴在床上睡意朦朧的時候，便感覺鄭莉早早起床了，心中就有一種不好的感覺，這個週末恐怕鄭莉也要去忙她的服裝設計工作了。

傅華就有些不滿的說：「小莉，你這麼早起床幹嘛啊？」

鄭莉說：「有客戶跟我預約了上午見面，你睡你的好了。」

傅華嘆說：「小莉，你能不能別只顧著工作，也關心關心我和兒子啊。」

鄭莉聽了說：「我怎麼不關心你們了，好啦，別鬧脾氣了，我這也是沒辦法嘛。」

「不行，我不讓你去，」傅華蠻橫地說：「你是我老婆，照顧好我也是你的工作。話說我們已經很久沒做那件事了。」

鄭莉白了傅華一眼，說：「你成天想的就是床上的那點事，你就不能想想我這是為了工作?!」

傅華不講理地說：「我不管，反正今天我要你留在家裏陪我，你要出去工作的話，我可生氣了。」

鄭莉陪著笑臉坐到傅華身邊，安撫說：「老公，我跟人家約好了，你不讓我去，會讓我失信於人的。好了，快放我走，今天晚上我再好好陪你。」

傅華賭氣說：「不行，你現在只要一離開家，就不知道什麼時間才會回來，我不讓你走。」說著，就緊緊地抓著鄭莉的胳膊，不放她離開的樣子。

鄭莉看了看時間，無奈地說：「好好，你不就是想做那件事嗎？那你快點，我要遲到了。」身子就躺倒在床上，眼睛一閉，應付地說：「來吧，趕緊。」

傅華本來正情緒高漲，頓時被鄭莉這個樣子搞得沒了興頭，一把甩開了鄭莉的胳膊，惱火的說：「你滾吧。」就轉過身去，把後背朝向鄭莉。

鄭莉也生氣了，說：「我都說好了，你還要我怎麼樣啊？你講不講理

啊？」

傅華吼叫說：「你要走就趕緊滾，別在這裏煩我。」

「你真是不可理喻！」鄭莉罵了句，坐了起來說：「我趕時間，懶得跟你說了。」趕緊整理了一下儀容，就匆匆出門了，留下傅華一個人在那裏生悶氣。

過了好一會兒，傅華心中的氣才慢慢的消下去。

傅華有一種被冷落的感覺。雖然他知道鄭莉從來也不是對男人黏糊的那種小女人，但他以前並沒覺得怎麼樣，因為他們有很多時間在一起；但是現在不同了，鄭莉成為名設計師，工作一下繁忙起來，分配給他的時間就變少了，他自然就有不被受重視的感覺了。

傅華嘆了口氣，暗罵了一句胡東強，要不是這個大少爺搞出天價競拍裙子的事情來，他也不會落到這麼淒慘的地步了。

鄭莉不在家，傅華躺著也有點無聊，就起床陪兒子玩。看到兒子純真的笑臉，傅華心中的煩惱很快就煙消雲散了。

傍晚，傅華的電話響了起來，是胡東強。

「傅哥，你在幹嘛？」

傅華笑笑說：「在家哄兒子呢。」

胡東強聽了說：「傅哥真是好爸爸啊。誒，晚上可有什麼安排？」

傅華回說：「沒有。」

胡東強便邀說：「那出來透透氣吧，順便我介紹幾個朋友給你認識。」

哄了一天的兒子，傅華也有點悶了，就說：「行啊，你告訴我地方吧。」

胡東強笑笑說：「我就是告訴你地方你也找不到，這樣吧，你去你家接你，反正我知道你家在哪裡。」

胡東強曾經在他家門口安排人伏擊過他，自然清楚他的住處，傅華便說：「行，你到了給我電話吧。」

胡東強的電話剛放下，何飛軍的電話打了進來，何飛軍想要傅華幫他安排車子，說是顧明麗晚上想逛逛北京。

何飛軍要用車，傅華並不感到有什麼奇怪，讓他感覺奇怪的是何飛軍語氣中隱隱有興奮喜悅之意。顧明麗去逛街這有什麼好興奮的啊，難道他用車是有別的目的？

傅華一邊猜測何飛軍用車的真實目的，一邊答應了下來。

何飛軍掛了電話，顧明麗不禁問道：「你為什麼要跟傅華要車啊，你不怕他知道我們是想幹什麼嗎？我們可以搭計程車去的。」

何飛軍說：「你不懂，那些商人最勢利眼了，一個副市長搭計程車去，他們會看不起我的；再說，這個時間街上很難搭到計程車。」

過了一會兒，司機打電話來，說是已經在下面等了，何飛軍和顧明麗就下去，坐車前往跟吳老闆約定的酒店。

到了酒店，吳老闆已經早早等在那裏了。

何飛軍看這個吳老闆雖然其貌不揚，但是一身的名牌；握手時，何飛軍更是看到吳老闆手腕上戴著一款百達翡麗價值近百萬的名表，顯然身價不菲，心裏對吳老闆能幫他買官的事越發的信了幾分。

何飛軍感激地說：「多謝吳老闆了，我的事讓您費心啦。」

吳老闆一副不以為意的說：「何市長真是客氣了，我跟顧記者是朋友，朋友應該互相幫忙的嘛。」

何飛軍聽這個吳老闆說話謙和有禮，一點暴發戶的味道都沒有，很懂人情世故，並沒有說因為出錢幫他買官而顯得傲慢，心中對他越發有了好感，心說：買官這事八成有門。

何飛軍看了看四周，說：「吳老闆，您的朋友到了沒有啊？」

吳老闆的朋友是這場買官遊戲的關鍵人物，吳老闆既然沒問題，下一步就是要看這個朋友是否靠譜了，因此何飛軍很急於見到這個人。

吳老闆說：「還沒，他說路上堵車，要晚幾分鐘，我們在這兒等他一下吧。」

三人就在酒店的大廳等著，過了一會兒，一輛寶馬七三〇停在酒店門口，一個五十多歲的中年男子從車上下來，吳老闆一見到，立即站了起來，說：「我朋友來了。」

這款寶馬七三〇價格也是近百萬，何飛軍心想：能開上這種車的人肯定很有實力，看來吳老闆這個朋友也是有錢人，應該不會是那種設局騙人的人。

三人就迎了上去，那個中年男子看到吳老闆，抱歉地說：「老吳，不好意思啊，讓你久等了吧？」

吳老闆笑笑說：「也沒等多少時間，來，我給你介紹，這位是海川市的何飛軍市長，這位顧記者是他的夫人。」

中年男子伸出手來，打招呼說：「我是歐吉峰，很高興認識兩位。」

吳老闆在一旁介紹說：「老歐是豐和日化公司的總經理。」

何飛軍就跟歐吉峰握了握手，說：「我也很高興認識您，歐總。」

人都到齊了，一行人就進了酒店的雅間。

坐定之後，歐吉峰看了看何飛軍，笑笑說：「何市長，您的情況老吳都跟我說了。按說呢，我一個做生意的人是不應該攙和在官場這些事情當中的，不過抵不過老吳一再拜託我，我也只好勉為其難了。唉，現在這社會就是這種風氣，即使你再有能力，上面沒人你也升不上去，對吧？」

何飛軍點點頭，深有同感地說：「是啊，現在這社會就是這樣子，我也為市裏做了不少的工作，但是到了副市長這一級之後，就停滯不前，再也上不去了。」

歐吉峰笑說：「幸好您交了老吳這樣一個好朋友啊，您把您的履歷給我一份，我好交給我的同學。」

吳老闆在一旁解釋說：「老歐的同學是中央的大領導……」

「喂，老吳，你別跟何市長瞎說！」歐吉峰趕緊制止吳老闆，說：「我同學不願意讓人知道他在做這種事，他很愛惜羽毛，擔心傳出去影響不好。

何市長，我跟你說，這件事你也千萬不要對別人講啊，要注意保密。」

買官賣官畢竟不是什麼上得了臺面的事，洩露出去對誰都不好，何飛軍立即點了點頭，說：「歐總，這你放心，我懂，我不會亂講話的。」

歐吉峰這才放下心，說：「你明白就好。」

吳老闆又對歐吉峰說：「老歐啊，你問過你同學沒有，需要多少費用啊？」

歐吉峰說：「其實也不多了，我同學說了，拿三百萬出來，就能保證讓何市長成為真正的市長。」

吳老闆考慮了一下，說：「老歐，三百萬是可以，不過，不能一下子給你。」

歐吉峰笑說：「你這傢伙，總是這麼精明，不見兔子不撒鷹是吧？」

吳老闆露出商人的精明，說：「老歐，你我都是商人，知道做生意的基本程序。這樣吧，我先付你五十萬的訂金，何市長的市長任命下來後，剩下的我再一筆付清。」

歐吉峰搖搖頭說：「這不行，前期活動的資金需求量很大，五十萬的訂金不夠，一百萬吧。」

吳老闆笑了笑說：「好，成交。回頭我給你卡上匯一百萬過去，拿到市長任命書後，剩下的二百萬再付清。」

歐吉峰滿意地說：「那就這麼說定了。恭喜你了，何市長，老吳剛剛幫你登上了市長的寶座了。」

何飛軍感激不盡地說：「感謝兩位啦，等我真的坐上市長寶座，我一定把兩位請到我的轄區去，好好的謝謝兩位。」

吳老闆笑說：「那是當然了，就是你不請，我們也要去的。」

何飛軍這時想起另外一個關鍵的問題，看了看歐吉峰，說：「歐總啊，這件事情需要多長時間運作啊？」

歐吉峰回說：「這我還真是說不準，時間不可能太短，太短一些程序走不完。不過你放心，也不會太長的，我估計兩三個月時間就應該差不多了。」

何飛軍聽了說：「兩三個月的時間還可以，這樣子可以趕在我黨校的培訓結束之前。」

七點多一點，胡東強就來接了傅華，先帶傅華去吃晚飯，看看九點左右了，才帶傅華去了一個很隱蔽、只有一個門牌的地方。

這個地方外表看上去是一棟相當普通的五層小樓，採歐式風格的老建築，大門緊閉，看不見裏面是怎樣一個情形。

進去前，胡東強交代說：「傅哥，今晚你在這裏的消費全算我的，所以你就敞開了去玩就行了，千萬別露怯。裏面的這些哥兒們都是些拿錢不當錢的主，你如果畏手畏腳，他們會看不起你的。」

傅華聽了，笑說：「你總要給我個數字吧，敞開了玩是百還是千呢？」

胡東強笑說：「在這裏一晚花掉上千也是很平常的事，我就有幾次破千的記錄。在這裏玩，重點是交朋友，裏面有些人如果能成為你的朋友，你會覺得錢花得再多也是值得的。」

傅華暗自咋舌，胡東強說的都是以萬為基本單位，一晚就花掉上千萬，裏面的消費真是驚人。便隨遇而安地說：「行，我不會幫你省錢的。」

胡東強笑說：「對，要的就是這種氣勢。」

兩人下了車，胡東強走在前面，一到門口，門自動就打開了，一位門童笑著對胡東強說：「胡少來了。」

胡東強把車鑰匙和幾張百元大鈔遞給門童，說了聲：「幫我把車停好。」

「好的，胡少。」門童接過鑰匙和錢。

胡東強就帶著傅華往裏面走，傅華看到這棟建築物的內部跟外表完全是兩種風格，裏面裝修得金碧輝煌，極盡奢華，跟皇宮似的。

胡東強邊走邊介紹說：「這裏是採會員制，會員大都是像我這樣有點家族背景的，有幾個跟我還是從小一起長大的玩伴。」

傅華明白了，這裏面的人跟胡東強一樣，都是些紅色貴族子弟，背景顯赫；看來胡東強對他還真是傾心以對，居然要把他引進自己的朋友圈。

傅華雖然在北京待的時間不短，也接觸過一些家族子弟，例如蘇南、曉菲、湯言等等，但是那些人都算是邊緣人物，胡東強帶他來的這個地方，才是真正的核心圈。

胡東強又說道：「回頭我介紹你認識一下這裏的老大，他如果看你順眼了，以後在這個圈子裏你可以橫著走了。」

兩人進了電梯，胡東強按了「三」的樓號，介紹說：「三樓是玩的地方，四樓是酒吧，我們先上三樓看看，平常大家都喜歡在三樓玩。」

兩人就到了三樓，電梯門一開，裏面就像是個賭場，吃角子老虎機、輪盤、大家樂的臺子，應有盡有。

胡東強看了看傅華，說：「傅哥喜歡玩什麼？」

傅華笑笑說：「這些我都不是很喜歡，胡少喜歡玩什麼，我跟著看看就好了。」

胡東強便問：「我通常玩梭哈，傅哥會玩梭哈嗎？」

傅華點頭說：「多少懂一點。」

胡東強高興地說：「那好，今晚我們就一起玩梭哈吧。」

胡東強把傅華帶進一個包廂，裏面放了一張梭哈臺子，荷官正在發牌，已經有三個男人在玩了。

三個男人當中，有兩個跟胡東強年紀差不多，不到三十歲的樣子，看到胡東強進來了，衝他招了招手，算是打了招呼。

另外一個看上去年紀大一些，一看到胡東強就挖苦說：「誒，東強，有段日子沒見了。快過來，我問你個事，聽說你的未婚妻被一個小白臉給睡了？」

胡東強尷尬的笑笑說：「陳哥，這事你也知道了。」

被稱作陳哥男人笑了笑說：「我們的圈子就這麼大，怎麼能不知道呢。

好了，別傷心，回頭哥給你再介紹一個好的。」

胡東強立即說：「謝謝陳哥了。」

傅華看胡東強對這個陳哥這麼尊重，猜測他可能就是胡東強所說的「老大」了。

陳哥這時注意到傅華，便衝著胡東強頭一昂地說：「你朋友？」

胡東強趕忙說：「是啊，我來介紹，這位是傅華，這位是徐琛琛哥。」

傅華這才知道這個人不是姓陳，而是名字中有一個琛字。

傅華看胡東強沒有說明他的身分，估計是不想讓人知道他就是那個所謂的「小白臉」，因此傅華也不去點破，伸出手跟徐琛握了握手，說：「很高興認識琛哥。」

徐琛不冷不熱的跟傅華握了手，平淡的說：「幸會。」

對徐琛這樣家族背景的人來說，什麼樣的大人物都見識過，自然不會拿傅華太當回事。

胡東強又介紹了那兩個年輕的，一個姓周，叫做周彥峰；一個姓蘇，叫做蘇啟智。兩人也跟傅華握了握手，互道了聲幸會。

介紹完，胡東強問說：「琛哥，我和傅華想加入玩兩把，可以嗎？」

徐琛人倒很隨和，笑笑說：「可以啊，人多才好玩嘛。坐。」

胡東強就和傅華在臺子邊坐了下來，看著琛哥和蘇啟智、周彥峰玩完這一把。

徐琛邊玩邊跟胡東強聊著天，說：「東強，最近忙什麼呢？」

胡東強說：「最近在籌備建設天策集團華東區域的灌裝廠呢，我爸想讓我負責這個項目。」

徐琛愣了一下，他對胡家的情況很瞭解，胡瑜非對胡東強管束嚴格，加上胡東強有些事也做得出格，胡瑜非一直不敢讓胡東強獨當一面，因此驚訝地說：「你家老爺子真的肯放手讓你去負責？」

胡東強點點頭說：「是啊，這都要謝謝傅哥，是他幫我在老爺子面前爭取的。」

聽胡東強這麼說，徐琛三人立即不約而同地抬起頭看了傅華一眼。

這時，蘇啟智忽然指著傅華說：「我知道你是誰了！咦，不對啊，東強，他不就是那個拐走高芸的小白臉嗎？你怎麼會跟他在一起呢？」

傅華開玩笑說：「我的臉很白嗎？」傅華這麼說等於是承認蘇啟智說的是對的了。

胡東強尷尬的說：「那件事是一場誤會，傅哥跟高芸並沒有什麼事。」

這些大家族的子弟脾氣執拗起來，是什麼都可以不管不顧的，胡東強在他們當中又算是脾氣壞的，想要降服胡東強，沒有兩下子是不可能的。徐琛不禁多看了傅華兩眼，這個人能夠說服胡瑜非，還讓胡東強對他這麼友好，看來應該很有點本事了。

胡東強可能是覺得繼續談論這件事很尷尬，就忙著轉移話題說：「誒，琛哥，怎麼今天沒看到葵姐啊？」

徐琛搖搖頭說：「不知道，今天葵姐沒有到三樓來。」

說話間，徐琛和周彥峰、蘇啟智的這局結束了。荷官再次發牌，傅華和胡東強就加入了牌局。

前幾把，傅華拿到的牌都很差，他就棄牌了。雖然有胡東強做後盾，不需要顧忌錢的問題，但是他的牌面實在太差，他不想胡亂揮霍胡東強的錢。

徐琛笑笑說：「這位傅先生玩得很謹慎啊。」

傅華說：「不是謹慎，是牌面不好。有人跟我說過，如果牌面不好還要強玩的話，很可能會揮霍掉後面的好運氣。」

徐琛聽了笑說：「哦，傅先生還有這套理論啊，有意思。」

似乎上天在驗證傅華理論的正確性，接下來的幾把，傅華的牌面都還不錯，算是小有斬獲，贏了一些籌碼。徐琛的運氣則明顯差了點，幾次想要投機，都被傅華看破，反而輸了不少。

這時候徐琛才開始對傅華重視起來，笑笑說：「想不到傅先生是玩梭哈的高手，有意思，今天可以痛快的玩幾把了。」

傅華心想：大概是自己一再贏了徐琛，挑起了他的戰意，使他更想戰勝自己。

傅華對勝負其實並不在意，儘管胡東強已經講明輸了算他的，贏了算傅華的，但是他並沒有打算把贏的錢拿走。既然這樣，他也沒必要去跟徐琛非要分個勝負，而且傅華也不想為了一點錢去得罪徐琛。

傅華感覺自己玩得差不多了，就想把贏的錢輸出去，然後退出賭局。於是在荷官發出新一局牌的時候，他暗自決定這一把要把它輸掉。

決定了要輸，傅華的心態更加自然。似乎老天也知道他想輸，頭兩張牌，一張底牌梅花五，一張臺面上掀開的紅桃八，互不相連，兩張牌又都很小，如果是一開始，傅華可能都會棄牌了，但這次他決定要輸，就跟了。

一圈過後，第三張牌發下來，傅華拿到一張紅桃J，臺面上，胡東強是一對十，徐琛則是一張紅桃Q一張梅花A，周彥峰和蘇啟智則早已棄牌了。

從桌面上看，胡東強是一對，牌面最大，他笑笑說：「沒理由牌面最大的反而不下注。」說著，就往臺面中間扔下了籌碼，不但下了注，還加了注。

徐琛說了聲「我跟」也下了注，傅華自然也跟了。

荷官將第四張牌發下來，傅華拿到的是一張紅桃十，胡東強則是拿到一張梅花九，徐琛拿到了一張紅桃A。這樣，徐琛一對A牌面最大，由他先說話，他也加了注。

胡東強一看自己的牌面沒有徐琛的大，雖然它可以賭下一把來一張十，湊成三條，但是徐琛也有湊成三條的機會，而且臺面上還有傅華；傅華的牌面似乎在賭同花順或者同花，這兩人的贏面都比他大，於是說：「琛哥、傅哥，你們倆玩吧。」他把牌一扔，決定棄牌。

徐琛看了傅華一眼，說：「傅先生呢？」

傅華笑了一下，說：「我跟。」然後把籌碼扔到臺子中央。

荷官再次發牌，這次傅華拿到的是紅桃九，這樣他臺面上就是紅桃的九、十和J。徐琛則是拿到了一張梅花K，臺面上是一對A和一張Q一張

K。根據這個狀況，徐琛最大的牌頂多是三條或者兩對，傅華最大的牌則可能是同花順。

傅華便衝著徐琛笑了笑說：「琛哥，你一對A大，你說話。」

徐琛看傅華十分鎮靜的神態，猶豫了一下，接連輸了幾把，加上傅華玩牌時顯現出來的謹慎態度，讓他覺得傅華拿到的很可能是同花順的大牌了。

他不禁看了傅華一眼，試探地問說：「傅先生，你不是想詐我吧？」

這時候傅華自然不能說他就是在使詐，實際上他牌面上最大的就是一張J。他語帶玄機地說：「琛哥，你說呢？」

徐琛伸手拿起了他面前的籌碼，做出一個要往臺中央扔的架勢，一邊緊盯著傅華的臉，想從傅華的表情上看出傅華的虛實。哪知道傅華根本就沒打算要贏，所以神態上自然不會現出心虛的神色來了。

徐琛看傅華的臉依然一副波瀾不驚的樣子，就縮回了扔籌碼的動作，笑笑說：「我才不上你的當呢，我棄牌。」

第六章

逢場作戲

女人喝了口酒問道：
「你來這種場合卻不逢場作戲，
一個人坐在那裏喝酒，你這是裝酷給誰看啊。」
傅華解釋說：「我沒有要裝酷給誰看，
只是剛才在三樓玩了幾把牌，
心情有些緊張，想坐著放鬆一下而已。」

傅華愣了一下，心說今天真是邪門，爛牌居然也能贏。

他正想把自己的牌混進臺上那些牌當中去時，沒想到胡東強突然冒了句：「難道你真的拿到同花順了？」一伸手把傅華的底牌給掀開，梅花五被翻了開來。

胡東強隨即叫了起來：「你這傢伙，還真是使詐的啊，琛哥，想不到你也有失手的時候。」

傅華注意到徐琛的臉色難看了起來，顯然這把牌徐琛玩得很不爽。傅華也無法說他原本是想輸給徐琛的，那樣不但不會幫徐琛找回面子，反而有故意讓徐琛的意思，會讓他更沒面子。

傅華只好歉意的說：「不好意思啊，琛哥，偶爾投機一把。」

徐琛乾笑了一下，說：「這有什麼不好意思，你以為我輸不起啊？只是我忘記了傅先生是玩心機的高手了，難怪你能夠把高芸給拐走。」

徐琛這番譏刺的話，讓傅華有點惱火，心說這傢伙真是不上道，輸了就輸了，還要扯上高芸，這不是故意的嗎？

傅華看了眼胡東強，胡東強也顯得不太高興的樣子，不過他似乎對徐琛有所敬畏，不敢發作，就轉頭對荷官說：「看什麼看，繼續發牌啊。」

牌局繼續進行，傅華因對徐琛有氣，就有心想要教訓他一下。發牌四圈之後，胡東強和周彥峰、蘇啟智因為牌面不大，先後都棄了牌，臺面上只剩下傅華和徐琛對決了。

似乎因為傅華贏了幾把，手風大順，這一把牌，前面四張居然真的是同花順的牌面，底牌是方塊九，臺面上是方塊十、J、Q，再來一張方塊K或者方塊八的話，他就算是拿到了同花順的大牌。

當然，他也可能拿不到這兩張牌，那他的贏面就不大了，因為徐琛拿到的也是大牌的樣子，臺面上徐琛是三條A。

徐琛看到了這個局面，笑笑說：「傅先生，又剩下我們兩個了，這一把我不會給你機會詐我了，我就不信你能拿到同花順，梭了。」說著，就把他的籌碼全部推到臺子中間。

傅華知道這不比平時小玩，要精確的計算輸贏。跟徐琛這樣的闊少賭，賭的是一種氣勢，就算明知道是輸，也絕不能退縮。一旦怯場，在場的這幾個人都會看不起你的。

加上傅華心裏快速計算了一下，桌上的錢大部分是他今晚贏來的，就算全輸了，胡東強的損失也不太大。他就笑了一下，把面前的籌碼也往臺子中間一推，說：「我就陪琛哥玩一玩。」

這時，傅華注意到胡東強、蘇啟智、周彥峰，就連徐琛看他的眼神都是亮了一下，因為從現在的牌面上看，徐琛已經穩拿三條了，而傅華雖然是三張同花，但很可能拿不到最大的同花順，更大的機率他只能拿到幾張散牌而已。很明顯徐琛的贏面更大一些，傅華則純是賭運氣了。

這些闊少們其實更欣賞那些拿運氣來賭的人，他們要的就是這種輸人不輸陣的架勢。

荷官先給徐琛發出了第五張牌，看到這張牌，胡東強、周彥峰、蘇啟智看向傅華的眼神都帶著一點同情了，徐琛的嘴角更是泛起了一絲得意的譏笑。因為荷官發給徐琛的是一張Ａ，這樣徐琛就肯定拿到了四條Ａ，在梭哈當中，這是僅次於同花順的大牌了。

傅華看了一眼徐琛，笑笑說：「看來琛哥的運氣不錯啊。只是不知道我的運氣會如何呢？」

這時，荷官也給傅華發出了第五張牌，看到牌面是方塊Ｋ的時候，傅華鬆了口氣，他知道他贏了。

傅華微微一笑，說：「看來我的運氣也不差啊。」說著，便揭開底牌——方塊九，牌面是同花順，剛好贏了徐琛的四條。

徐琛臉色頓時發青，拿起自己的牌雙手一撕，然後說：「行啊，還是傅先生牌技勝我一籌啊。」

傅華謙虛地說：「琛哥說笑了，我今晚的手風順一點罷了。」

傅華覺得這時他該退出牌局了，一來他已經拿到了今晚的最大牌同花順，運氣到了頂峰，接下來再想拿到大牌的機率很低，應該見好就收；二來，他看出徐琛有點惱羞成怒的樣子，再賭下去的話，就把這場賭局變成了兩人的意氣之爭了，傅華不想把場面搞得那麼僵。

傅華就對胡東強說：「東強，你們玩吧，我想休息一下，上面不是酒吧嗎，我上去喝杯酒。」

胡東強對傅華贏了徐琛感到十分興奮，便說：「好啊，傅哥，你上去吧，酒吧裏可是有各色的美女，上去好好放鬆一下。」

傅華猜測上面的酒吧可能有陪侍女郎，他只想上去喝杯酒而已，沒在意的笑了一下，說：「那你們玩。」

傅華就去了四樓的酒吧，相比三樓的賭廳，酒吧的燈光有點暗，樂聲悠揚，三三兩兩的男女在舞池裏相擁著跳舞。傅華就在吧台前找了個不起眼的位置坐了下來，跟酒保要了杯蘇格蘭威士忌，靜靜的坐在那裏品了起來。

有幾位很漂亮的女子過來邀請傅華跳舞，都被傅華拒絕了。剛才在賭廳裏。雖然他看上去並不緊張，但是心情卻很繃緊，這麼大輸贏的賭局，讓他手心裏不禁捏著一把汗。

坐了一會兒，傅華發現離他不遠處有個女人跟他一樣，也是一個人靜靜地坐在那裏品著酒，女人側影看上去，有一種很特別的味道，傅華忽然心有所感，竟莫名覺得此刻他跟這個女人的心情是相通的，便拿起酒杯坐到了女人的身邊。

酒保看傅華靠近那女人，似乎想說些什麼，那女人抬頭看了酒保一眼，酒保就把到嘴邊的話咽了回去。

酒吧的燈光雖暗，近距離還是能夠看清楚女人長什麼樣子，這女人看上去不到三十歲，薄施粉黛，眼睛不大微瞇著，給人一種很迷幻的感覺。蔥管一樣的鼻子下面是一張小巧的嘴巴，在大嘴橫行的今時，反而給人一種反潮流的美感。

總體上，傅華對這個女人的感覺是，不特別的漂亮，但是有一種特殊的韻味，這種韻味很吸引傅華。不過這女人是做陪侍女郎的，這種風格，一般的男人並不欣賞，難怪她會一人獨坐，沒有男人搭理她。

傅華還是第一次主動地去跟一個陌生的陪侍女郎坐得這麼近，他很想跟那女人搭訕，卻又不知道該說些什麼。

傅華轉念一想，既然不知道該如何開口，那就乾脆不開口好了。於是他依舊靜靜地坐在那裏喝他的酒，只是偶爾用眼睛的餘光瞥一下那個女人，看看女人在做什麼。

一杯威士忌很快喝完了，傅華指示酒保再來一杯。這時女人倒先開口了：「我還以為你坐到我身邊來，起碼會請我喝一杯呢。」

女人這麼說就是願意跟他交談的意思了，這正中他的下懷，便說：「我是很想請你，就怕冒昧打攪了你的沈思。」

女人瞅了傅華一眼，略為抱怨地說：「你這個人是不是一向做什麼都很被動啊？你不知道男人對女人應該主動些的嗎？」

傅華笑笑說：「你喝什麼？我請。」

女人淡笑了一下，說：「跟你一樣吧。」

傅華便叫酒保給女人也倒了杯威士忌。

傅華笑說：「現在這個社會並沒有誰該主動的規定吧，剛才就有好幾位小姐來請我跳舞了，她們可是很主動的。」

女人拿起酒杯喝了口酒，反問道：「我看你都拒絕了，來這種場合卻不逢場作戲，一個人坐在那裏喝酒，你這是裝酷給誰看啊。」

傅華解釋說：「我沒有要裝酷給誰看，只是剛才在三樓玩了幾把牌，心情有些緊張，想坐著放鬆一下而已。」

女人說：「你這是不是在向我炫耀你很有錢啊？」

不知道為什麼，在這個女人面前，傅華自然就有一種很放鬆的感覺，他老實地說：「我不是這個意思，其實我不是什麼有錢人，我來這裏只是被朋友拖來見識一下的。」

女人又喝了口酒，恍然說：「我說怎麼以前沒見過你，原來你是第一次來啊。沒錢還跟人玩啊，你玩的是什麼？」

傅華說：「梭哈。」

「梭哈啊，看來你的朋友很有錢嘍？我見過他們玩，玩得都挺大的。」女人說。

傅華好奇地說：「這麼說你進過三樓的包厢了？」

女人笑笑說：「是啊，我進去過幾次。」

傅華聽了，忍不住說：「那你就不應該在這裏了，應該多進包廂才對的，那裏面的人都是有錢的闊少，你該多跟他們結交，他們會多照顧你一點的。」

女人愣了一下，表情怪異地說：「他們多照顧我一點？你以為我是做什麼的啊？」

傅華一副理解的口吻說：「我雖然是第一次來，但是我知道你是做什麼的，就像那些女孩子來請我跳舞，她們的目的並不是真的想跟我跳舞。現在這個社會，嫌貧愛富，女孩子想賺快錢也很正常。」

女人撲哧一聲笑了出來，舉起杯子對傅華說：「原來你早就看穿我了。有意思，來，為了這個我們喝一杯。」

傅華就跟女人碰了一下杯子，女人仰脖把杯中酒給喝了，然後看著傅華說：「你有再請我一杯的錢吧？」

傅華笑說：「這點錢還有，我剛才可是小贏了那幾位闊少呢。」

「哦，」女人很有興趣地說：「你贏了誰啊？話說我還認識幾個常在三樓玩的朋友的。」

傅華原本只是隨口一說，並不是真的想炫耀贏徐琛的事，何況在這種地方，來玩的人都很注重隱私，也不宜大肆宣傳，便含糊地說：「反正就幾位朋友，說了你也不一定認識的。」

沒想到女人卻認真地說：「那倒不一定啊，徐琛、周彥峰、胡東強、蘇啟智、王齊……這幾個我都很熟的。」

女人一連說了好幾個名字，有傅華認識的，也有不認識的，讓傅華對這個女人倒是刮目相看了，他便好心地提醒她說：「想不到你倒是交遊廣闊啊。不過這些人都很注重隱私，雖然你可能跟他們關係不錯，但最好不要隨便在別人面前說他們的名字，對你的工作會有影響的。」

酒保在一旁忍不住笑了起來，想對傅華說些什麼，卻被女人搶白道：「你笑什麼啊，什麼時候學會偷聽客人的談話了？走開！」

酒保識趣地帶著笑意走到一旁去了。

女人碎念著說：「我最討厭這種人了，工作不好好工作，專門躲在一旁偷聽客人的談話。」

傅華趕忙勸說：「是有點不應該，不過你也不要這麼當面去得罪他，這是他的地盤，得罪了他，他會想辦法捉弄你的。」

女人呵呵笑了起來，說：「想不到你還挺通人情世故的啊。喂，你能不能告訴我你究竟贏了誰啦？我真的很好奇呢，你偷著告訴我，說一個名字就好。」

傅華搖搖頭說：「不行，那個人今天已經輸得很生氣了，我不能贏了他的錢，還在背後說他的小話。」

女人意外地說：「你還挺有原則的嘛，誒，你還沒把酒喝完呢，我們可是碰過杯子的。」

傅華就也把杯中酒喝光了，然後說：「酒保，再給我和這位小姐一杯。」

酒保便替兩人又倒上酒，然後走到吧台的另一邊去了。

女人看了傅華一眼，說：「你這個人挺有意思的，接下來，你是不是要教訓我要走正道，不要賺快錢，浪費青春什麼的啊？」

傅華不禁反問道：「我看上去很古板嗎？」

女人點點頭，說：「你看上去是有點古板。贏了錢還怕說出對方的名字讓他丟臉。其實你不用說我也知道那人是徐琛。只有他輸了錢就會生氣，不過他倒不是輸不起，而是他不喜歡輸的感覺。」

傅華不禁自責說：「真是言多必失啊，我忘了你比我跟他們混得更熟。

行了，你知道是他就好了，不要再對別人說了。」

女人卻故意捉弄他說：「為什麼不說，回頭我就跟徐琛說你贏了他的錢，還到處炫耀，看到時候他不來找你算賬。」

傅華有點囧，如果這個女人真的這麼告訴徐琛，會讓帶他進這個圈子的胡東強很難堪的。再是傅華注意到這個女人提到徐琛都是直呼其名，不像胡東強稱呼徐琛總是尊敬的稱他琛哥，這裏面的含意就有點複雜了。傅華猜測這女人不但認識徐琛，跟徐琛的關係還很深，說不定徐琛是她的恩客也難說。

他今天已經贏了徐琛一筆數目不少的錢，再沾惹上徐琛的女人，恐怕這下子徐琛會對他恨之入骨，萬一連累胡東強就不妙了。

傅華知道他惹到麻煩了，便笑笑說：「不好意思啊，我沒想到你跟琛哥這麼熟，打攪了。」就想立即走人。

女人一看傅華要離開，知道他誤會了，以為她跟徐琛有那種關係，便一把拉住傅華的胳膊，說：「喂，先別急著走，聽我把話說清楚了再走也不遲。」

傅華說：「你還有什麼指教嗎？」

女人澄清說：「我跟徐琛不是你想的那種關係，我剛才說要告訴他你贏了他的錢到處炫耀，只不過是嚇唬你的。」

傅華不解地說：「這有什麼好嚇唬我的啊？」

女人笑說：「你不知道，徐琛在這個圈子裏玩梭哈是出名的，通常他都是大殺四方，今天卻被你贏了錢，看樣子你還贏了不少，所以我很好奇你究竟是怎麼贏他的，又贏了他多少錢，才想嚇唬你，逼你說出來而已。」

傅華忍不住說：「你也太無聊了點。」

女人說：「是啊，我這個人是有點無聊，要不然也不會悶坐在這裏發呆了。話說你很怕徐琛嗎？」

傅華說：「那倒沒有，只是琛哥好像是這個圈子裏的老大，我開罪了他，對我的朋友不好。」

「誰告訴你他是這個圈子裏的老大了？」女人問道。

傅華回說：「也沒人跟我這麼說，我只是看大家對他都很尊重的樣子。難道不是嗎？」

女人連連點頭，促狹地說：「是，是，你很有眼光。喂，如果我是徐琛的女人，你是不是就不敢碰我了？」

傅華笑了起來，說：「我本來也沒想要碰你啊。」

女人反駁說：「又在裝了，你不會這麼純潔的只想在我身邊靜靜的坐會兒就滿足了吧？」

女人說話很直接，倒弄得傅華有點不好意思了，實話說，這女人很吸引他，但是他並沒有往更深的層次去想，也沒有想要跟女人有什麼進一步的發展。

傅華老實地承認：「你身上的確有一種很特別的味道吸引我，讓我有些心動，但是我並沒有想對你怎麼樣的意思。」

女人直視著傅華的眼睛，詢問說：「對我有想法為什麼不採取行動呢？你不會是真的像我說的，做什麼事都很被動吧？」

傅華遲疑地說：「那倒沒有了，只是……」

「只是什麼？」女人說著，就往前逼近了一步，眼見就要貼進傅華的懷裏了。

傅華頓時慌亂起來，腦中不斷想著他是有婦之夫，不該跟一個歡場女子有牽扯，只是，卻擋不住女人深邃眼眸中那波讓他心動的漣漪。

就在那一剎那，傅華決定讓自己徹底的瘋狂一次，於是他一隻胳膊猛地攬住了女人纖細的腰肢，另一隻手捧住女人的臉，不顧一切地吻住了女人的紅唇。

女人的嘴唇很薄，有一種十分獨特的蕭索的味道，這種感覺很怪異，但是傅華除了蕭索，想不出別的詞彙來形容這種感覺了。讓傅華有種像兩個在曠野中孤單行走了很久的人，忽然看到了同類，那種百感交集無法言說的激動。

這讓傅華十分的震撼。跟鄭莉在一起之後，他自認對別的女人應該不會再動情了，雖然偶爾也會對某個女人心泛漣漪，但是他都能克制住自己，不讓自己越雷池一步。

跟雄獅集團的謝紫閔則是一場意外，那時候各方面的壓力齊聚，鄭莉又一直不肯原諒他，謝紫閔就成了他的減壓閥。後來鄭莉原諒他之後，他跟謝紫閔也斷了來往。但是這一次，這個女人讓他深陷其中不可自拔。

女人似乎也跟傅華有一樣的感覺，在傅華的懷抱中瑟瑟發抖，這不是因為害怕，而是激動造成的恐懼，就好像眼前是個美麗無比的肥皂泡，煥發著奇幻的色彩，讓人心悸神搖，恐懼一旦伸手去碰它，這美好的感覺就會瞬間消失。

後面的事就變得自然而然了，女人拉著傅華的手，牽著他往外走。傅華想也沒想就跟著女人進了電梯，直上五樓。

女人打開一個房間，傅華看房間裝修的雖然簡單，卻讓人有一種舒適的感覺，就笑笑說：「這個房間真不錯啊，名師設計的吧？」

女人沒有心思跟傅華講什麼話，她牽著傅華來到床邊，一把將傅華推倒在床上，開始解傅華的衣服，傅華也毫不客氣的伸手去撩撥女人的衣物。

很快兩人就身無片縷了。女人騎在傅華的身上，開始吻他的嘴唇，然後脖子，接著胸膛……

傅華感覺女人想要掌握主動權，心想：我碰到的女人都是強勢型的，難道偶然出軌一次還要被女人掌控嗎？他可不幹，就俯身用力地壓住了女人的身體。

女人掙扎著想要推開他，想重新掌握主動，傅華卻牢牢地壓住女人的身子，霸道的說：「不行，今天晚上你是我的，必須由我來掌控。」說著，再次去吻女人的嘴唇。

女人不甘心這麼就範，張嘴要去咬傅華，卻被傅華機敏的躲開了。他順勢而下沿著女人嬌嫩的脖頸親吻著，逐步卸下女人的心防，女人的身子開始顫慄、扭曲，很快地敞開自己，迎接著船舶進港。

在一波波美好的衝擊中，女人仍試圖要扭轉被動的姿勢，不斷掙扎著，但是傅華今晚打定主意要做一個完全控制局面的男人，他用身體牢牢地壓住女人，不讓女人有機會翻身做主。

就在這種控制與反控制的博奕中，傅華衝上了快樂的巔峰，女人也顫慄著，緊緊地擁住傅華。

風停浪息，兩人相擁了好一會兒，傅華的手機響了起來，看看是胡東強的，就接通了。

胡東強問：「傅哥，你現在在哪裡啊？」

傅華不敢說他在五樓，便說：「怎麼，要走了嗎？」

胡東強說：「是啊。」

傅華說：「那你在三樓等我吧，我馬上過去。」

傅華看了看懷裏的女人，女人也看著他，他又輕吻了她一下，說：「我要走了，朋友在下面等我。我要付你多少錢啊？」

女人反問說：「你覺得今晚的我值多少錢啊？」

傅華笑說：「今晚對我來說太美好了，多少錢也無法表達我現在心中的那種感覺。」

傅華拿出皮夾，把裏面三千多塊現金都拿了出來，遞給女人，說：「我不知道該給你多少，我身上就這麼多現金了，你先拿著，不夠的話，等我下去找朋友再拿給你。」

女人笑笑，接過錢說：「已經夠了。」

這場交易算是完成了，傅華穿好衣服，有些不捨的看了看那女人，說：「我要走了。」

女人抱了抱他，然後說：「你這個人真是有意思，我今晚過得也很愉快。」

傅華笑說：「我也是，再見了。」

女人有些依依不捨地說：「你連個聯繫方式都不給我，我們還有可能再見嗎？」

傅華愣了一下，雖然他對這個女人感覺很好，但是這只不過是一夜情罷了，他並沒有再跟她見面的想法，有些美好的事還是保留在記憶當中更好一些。

女人看傅華發著愣，就灑脫地說：「行，我明白你的意思了，也許不再見對我們更好些。你走吧，你朋友不是還在下面等你嗎？」

女人的善解人意讓傅華有些不忍，他伸手撫摸了一下女人嬌嫩的臉龐，硬起心腸離開了房間。

坐電梯下到三樓，包廂裏梭哈還在進行，胡東強看到傅華回來，說：「傅哥，玩完這把我們就撤。」

傅華點點頭，去一旁坐了下來，靜靜的等這盤賭局結束。

傅華原來的位置上坐著一個新加入的男子。徐琛看到傅華，向他微微點了點頭，看來不同場博奕，他的態度變得友善了很多。也許真的像那女人說的，徐琛在意的只是輸贏，而非在意輸了多少錢。

這場賭局很快就結束了，胡東強敗在徐琛手下，他站起來對徐琛說：「好了琛哥，我跟傅哥要離開了，你們繼續玩吧。」

徐琛也站了起來，過來跟傅華握了握手，說：「傅先生，有時間多跟東強來玩，說實話，我今天輸得有點不服氣啊，改天再戰如何？」

傅華客套地說：「有機會我也想跟琛哥好好學習一下。」

傅華這麼說只是敷衍徐琛而已，雖然胡東強沒介紹徐琛身分，但是凡是能進入這個圈子的人肯定非富即貴。傅華很清楚自己不太可能再來這裏玩，也許他可以在氣勢上壓過徐琛，但是在家世背景上，他卻差了徐琛不止一籌。

周彥峰和蘇啟智也過來跟傅華告別。

那個新加入賭局的男子也跟了過來，寒暄說：「傅先生，我剛聽琛哥介紹你是玩梭哈的高手，正想跟你過過招呢，怎麼就要走了？」

傅華看了看胡東強，說：「胡少，這位是？」

男子伸出手來自我介紹說：「田漢傑。」

傅華就握了握田漢傑的手，笑笑說：「幸會，希望改日有機會能跟田少過過手。」

田漢傑友善地說：「傅先生不要叫我田少，叫我漢傑好了，我很佩服你的膽量和氣度啊，你是真本事，而我不過是仗著家裏的一點餘蔭，在外面撐場面罷了。」

田漢傑謙遜的態度，讓傅華對他頗有好感。他對眼前這些二代三代們仗著父輩耀武揚威，其實是很看不慣的，難得田漢傑並不仗著父輩的功勳作為驕傲的本錢。

傅華笑說：「漢傑你客氣了，前輩們的功勳才是我們需要高山仰止的，我們何嘗不是活在他們的餘蔭之下呢？」

傅華這話是說給徐琛等人聽的，田漢傑的話是自謙，但是聽在徐琛這些靠父母發跡的闊少們耳裏未免就有些刺耳，他這話既是稱讚了這些功勳子弟的長輩，也為田漢傑圓了場。

田漢傑也察覺到了自己的語病，趕忙說：「是，是，你這話說得很對，我們都是活在前輩們的餘蔭下的。」

第七章

優秀血統

傅華不禁說道：

「你們這個圈子，是不是誰的背景強大誰就是老大啊？」

胡東強說：「有一部分是，但是也不盡然，

葵姐本就是很有領袖魅力的人，你要承認一點，

有優秀血統的人成為傑出人物的機率還是很高的。」

從會所出來，坐上胡東強的車，胡東強將一張銀行卡扔在傅華的懷裏，說：「你今晚贏的錢都在裏面，拿著吧。」

傅華將卡塞給了胡東強，說：「這是你的錢贏來的，你收著吧。」

胡東強看了傅華一眼，說：「你知道今晚你贏了多少錢嗎？看都不看就說不要！我跟你說，這裏面可是八百多萬呢。就連我如果說不要這八百多萬的話，心裏也會肉疼一下的。」

傅華笑笑說：「贏多少我心中大概有數，這錢我不能拿，你想，今晚這場梭哈玩的風險可都是在你那兒，如果我輸了八百多萬呢？你胡少難道會讓我賠給你嗎？」

胡東強笑說：「那當然不會了，說好了輸了算我的嘛。」

傅華說：「這不就結了嘛，輸了你不會讓我賠，贏了我也不好意思拿啊。」

胡東強搖搖頭，說：「話不是這麼說的，當初講好了贏了算你的啊。傅哥，我這人向來說話算話的，你如果不拿就是看不起我了。」

傅華想了想說：「要不這樣吧，這筆錢先放你那兒，我要用的時候再跟你拿好了，你也知道我好歹是個小官，如果被人知道我手裏有這麼多錢，對我也不好的。」

胡東強不禁失笑說：「傅哥你就會找藉口，誰知道你卡裏有多少錢啊！好吧，你放在我這裏也行，我給你存著，想用的時候再來找我吧。」

傅華看了看胡東強，說：「今晚你輸了不少吧？」

胡東強笑笑說：「是不少，基本上徐琛輸給你的，又都從我這裏贏了回去。誒，傅哥，什麼時候教我兩招吧，你的梭哈玩得真是太棒了，你怎麼知道那把琛哥不敢跟你賭到底，又是怎麼確定自己一定會拿到同花順的啊？」

傅華謙虛地說：「我不是什麼高手，那把同花順只是運氣而已，當你的運氣順的時候，想要什麼就會有什麼的，這時候自然是一鼓作氣的贏一把了。」

胡東強認同地說：「你說那把是運氣我相信，可是你詐琛哥的那一把呢？」

傅華不好意思說那把其實他是準備要輸的，便笑笑說：「那一把則是心理戰了，那時琛哥連輸了幾把，有點心浮氣躁，我一開始玩得又很保守，他自然會猜測我敢賭下去是拿到了大牌，他的牌面又不大，在可與不可之間，氣勢上已經輸了一籌。不過，這種把戲只能偶爾用一次，用多了就沒用了。」

胡東強恍然大悟說：「原來是這樣啊。」

「誒，今天見到的這幾位都是些什麼人啊？」傅華忍不住問。

胡東強說：「他們的背景跟我差不多，爺爺輩的都為國家立下了汗馬功勞。托他們的福，我們的父輩在政界或者商界都有一席之地。徐琛的父親是發改委的常務副主任，周彥峰的父親則是商務部副部長；蘇啟智的父親是江陽省省長，田漢傑的父親則是中央組織部門的一個副部長。」

傅華不禁咋舌說：「背景都這麼牛啊，我覺得那個田漢傑很不錯，很懂得人情世故。」

胡東強笑說：「那傢伙就是愛裝，其實他也挺狂的，不過他是真心佩服你，你剛才不在的時候，我把你的事跟他們講了。你知道，我們這些人眼睛都是長在頭頂上的，但你做的事情確實很令人折服，尤其是你拿身上的刀疤嚇唬我那一節，還有你敢對著單正豪的獵槍依然去救我，連琛哥都豎起大拇指來。」

傅華這才明白為什麼這些人會對他這麼客氣了，原來是胡東強已經大肆宣傳了他的光輝事蹟。

傅華看了看胡東強，低調地說：「胡少，以後別跟人再說這些了，這些事傳出去對你我的形象都不好。」

胡東強答應說：「好的傅哥，我再不會對別人講了。」

傅華接著提醒道：「還有，胡少，你如果真的想搞好華東灌裝廠的話，到了海川，你要放低自己的姿態，就像剛才田漢傑一樣，不要端少爺的架子；在地方上，你如果端少爺架子，有的人即使不明著跟你作對，也會暗地裏給你搗鬼的。胡董對你的期待很大，我希望你儘量把事情辦得完美一點。」

胡東強認真地說：「這我知道。還有傅哥，琛哥和周彥峰他們說也想去海川看看有沒有合適他們發展的項目。」

傅華高興地說：「這是好事，歡迎啊，就算他們不去做項目，我也很歡迎他們去海川看看的。胡少，你今天介紹我認識他們，是不是也存著讓他們去海川做項目的想法啊？」

胡東強笑說：「我一個人跑去海川總覺得孤單，拖幾個朋友去玩玩嘛，也算是對你工作上的支持，只是很遺憾今天沒讓你見到我們圈子的老大。」

傅華愣了一下，說：「琛哥不是你們的老大啊？」

胡東強笑了，說：「誰跟你說琛哥是我們的老大啦。」

傅華納悶地說：「那你們怎麼都稱他為琛哥呢？」

胡東強笑了起來，說：「他年紀比我們大一點，我們當然稱他為哥囉。」

傅華恍悟說：「原來是這樣啊，難怪那個女人聽我稱琛哥是你們的老大笑得那麼怪，原來琛哥真的不是你們的老大啊。」

胡東強看了傅華一眼，問道：「女人，什麼女人啊？傅哥，你不會在酒吧搭訕上了一個美女吧？」

傅華心虛地說：「就是在酒吧認識了一個女孩子，聊了兩句罷了，沒什麼的。」

胡東強笑笑說：「這個會所的女孩子水準都很高的，聊得開心不妨就可以帶出去的。」

傅華心說我已經在五樓開過房了，當然，這種事他也羞於跟胡東強講，就轉了話題說：「既然琛哥不是你們的老大，那誰是你們的老大啊？」

「葵姐啊。」胡東強回說。

「葵姐？」

傅華沒想到這個圈子的老大居然是個女人，而且看上去胡東強還很佩服她的樣子。

胡東強解釋說：「是啊，她的名字叫做馮葵，是馮家的第三代。馮家你知道吧？」

馮家老爺子也是開國元勳之一，是個比胡家老爺子還不得了的人物，這麼多年，馮家的人一直牢牢的佔據著權力中樞的重要位置，馮家老爺子還活著的時候，他的態度往往能決定整個政壇的下一步走向。

葵姐能成為圈子的老大，估計也與她身後強大的背景有關吧。傅華不禁說道：「你們這個圈子，是不是誰的背景強大，誰就是老大啊？」

胡東強說：「有一部分是這個原因，但是也不盡然，葵姐本身就是很有那種領袖魅力的人。你要承認一點，有著優秀血統的人成為傑出人物的機率還是很高的。」

傅華笑說：「這我承認，像你們這些闊少從小受到的培養以及身邊豐富的資源，很容易讓你們脫穎而出的。」

胡東強崇拜地說：「葵姐除了繼承馮家老爺子優秀的基因外，在商界上叱吒風雲，殺伐決斷，很多男人都比不上的，要是放在以前打仗的年代，絕對是個優秀的將軍。」

傅華不免有些可惜地說：「這樣的人物沒見到還真是遺憾啊。」

胡東強說：「是啊，葵姐在商界有著很大的影響力，如果她欣賞你，對你駐京辦的工作可是會有很大幫助的，現在只好等下次有機會了。」

傅華笑笑說：「我只是想看看她是個什麼樣的人，並不是想從她那裏得到什麼好處的。」

胡東強將傅華送回家的時候，已經是半夜過了十二點，鄭莉已經睡熟了，傅華簡單的沖了個澡就上床休息。他跟那個女人鏖戰了一場，煩躁盡去，體力又有些透支，躺在床上很快就鼾聲如雷了。

早上起床時，鄭莉又不見了蹤影，傅華嘆了口氣，倒是並無怨念，他的欲望被會所那個女人平復了，身體也就沒有那麼渴求了。

傅華也發現他並沒有因為昨晚的一夜情對鄭莉心生歉疚，以前他為了忠於婚姻，拒絕了方晶、談紅、喬玉甄等諸多誘惑，但是得到的結果，婚姻並沒有變得更好，反而還差點跟鄭莉分道揚鑣；讓傅華不禁懷疑他的堅持是否有些可笑了。

如果婚姻不再是神聖的，那種不離不棄、同甘共苦的誓言根本就不堪一擊，那麼他還死守著忠誠有什麼意義呢？難怪別人會覺得他太古板另類。

就像孫守義、金達或鄧子峰這些人，表面上看很守原則，其實也都在運用各種潛規則保住他們的地位，他這個小小的駐京辦主任又能怎麼樣呢？此刻，傅華覺得他對這個社會算是徹底的妥協了。

海川市，孫守義辦公室。

一早胡俊森就打電話來，說有事要留在齊州，晚一點才能回來。孫守義沒有多想什麼，他以為胡俊森有私事要處理，就批准了胡俊森的請假。

在辦公室忙到上午十點多的時候，省長鄧子峰打電話來，口氣很差地說：

「守義啊，你們市裏是怎麼一回事啊？怎麼胡俊森跑來我這兒，要跟我談什麼海川建立新區的事啊？」

孫守義心中不由得埋怨起胡俊森太沒有紀律，這個新區規劃已經被金達否決了，也跟他作了解釋，講明現在這個時間點不適合搞什麼新區規劃，他怎麼還跑去找鄧子峰呢？這不是告訴鄧子峰海川市這個班子不團結嗎？

這也搞得孫守義很被動，因為呂紀否決了這個提案，孫守義就沒把這件事向鄧子峰報告。現在胡俊森跑去告訴鄧子峰，不知道鄧子峰對他沒報告這件事會怎麼想啊。

孫守義迅速地在大腦裏盤算了一下，然後字斟句酌的說：

「是這樣的，省長，胡同志來海川之後，對海川市區的建設狀況做了調研，他認為海川市區已經沒有發展的空間，為了海川市的未來，需要在海川市區外另闢新區，並將海川的行政機關搬遷到新區去。我們做了討論後，向呂紀書記作了彙報，但是被呂紀書記給否決了，所以我也沒向您報告。沒想到胡同志居然瞞著金達同志和我，擅自反映到您那裏去了。」

鄧子峰沉吟了一會兒，說：「守義同志，你怎麼看這個提案啊？」

孫守義說：「我是贊同的，我認為胡俊森同志的想法很有前瞻性，對海川市的未來很重要。但是既然呂紀書記否決，我們就沒辦法再進行下去了。」

鄧子峰質問說：「既然你認為這個規劃很有前瞻性，對海川的未來很重要，為什麼你不堅持呢？」

孫守義心說：省委書記都反對了我還堅持什麼啊，就算報到省裏也會被呂紀否決的。他便說：「省長，胡俊森這個規劃涉及範圍很廣，沒有省裏的支持，單靠海川市是搞不起來的。」

鄧子峰反問道：「你連報告都沒向我報告，又怎麼知道我不支持呢？」

鄧子峰雖然是和顏悅色地說這句話，但是孫守義卻從他的話裏聽出了很大的不滿。他一定是對他沒向他報告這件事感到不高興了。

這也透出另一個信號，鄧子峰並不認同呂紀的意見，難道鄧子峰已經準備跟呂紀展開正面的博奕了嗎？種種跡象表明省委書記呂紀在東海省的時日不多了，鄧子峰過問新區的情況，也許是已經開始著手佈局要接呂紀的班了。

孫守義趕忙認錯說：「對不起啊，省長，這是我的失誤，我沒有把事情及時跟您彙報。」

鄧子峰笑笑說：「我沒想要追究誰的責任，我只是想讓你思考一下這件事。你想過沒有，呂書記為什麼會否決這件事？」

孫守義遲疑了一下，他還真沒有認真思索過，是啊，這個規劃看上去很不錯，如果真的實行了，海川市區將會再度盤活，給海川市帶來新的經濟刺激，未來新區將必然會成為海川市的發展熱點。這樣一個對海川未來大大有利的規劃設想，為什麼他要否決呢？這的確令人有點費解。

鄧子峰並沒有說出答案，因為這關切到呂紀的動向，有些東西在沒有正式公佈出來之前，只能是臺面下的猜測。他語帶玄機地說：「守義啊，你好好想想吧，作為一個領導者，必須要有自己的思想，總是人云亦云是無法擔負起領導的責任的。」

孫守義心中一震，鄧子峰這是在暗示他沒有主見，只會緊跟金達了。這意味著鄧子峰開始思考後呂紀時代的佈局。這也意味著他對呂紀勢力的清洗，鄧系人馬將會借勢崛起。而他如果只會跟著貼有呂紀人馬標籤的金達唯唯諾諾的話，鄧子峰還要他做什麼呢？

往這方面一想，孫守義就明白呂紀為什麼會否決新區的規劃提案了，呂紀即將離開東海省，這時候他想要的只有穩定，只有政局穩定，他這個省委書記才能做好他離開前的人事佈局。但是鄧子峰即將掌控東海政權，自然不希望呂紀順利的完成佈局，這也是鄧子峰拿新區規劃跟他說事的主要原因了。

想到這裏，孫守義知道他和金達的蜜月期要結束了，到了他們在政治上分道揚鑣的時候。

可以預見，鄧子峰順利上位的話，一定不會樂見海川這個經濟大市被一個像金達這樣的前省委書記的嫡系人馬掌控，就算是他不能馬上清洗金達，一定也希望削弱金達對海川市的掌控度。這也就是鄧子峰支持他接任海川市市長的原因，他是鄧子峰預先埋下的一枚棋子，現在鄧子峰想要他發揮作用，他必須要支持胡俊森這個新區的提案才行。

市政府支持新區規劃，就是在跟金達主持的海川市委唱對臺戲，立即就會產生擾亂金達既有步驟的效果，即使無法撼動金達的地位，起碼也向外界傳達出金達無法完全掌控海川市的信號。另一方面，也是在間接的挑戰呂紀的權威。讓東海省政壇上的人感受到呂紀的人馬開始產生分化，孫守義相信一定有些善於見風轉舵的人會脫離呂紀，轉而投向鄧子峰的陣營。

孫守義不得不佩服鄧子峰的政治謀略，本來這只是一件副市長越級報告的小事，卻能盤算出一齣借機洗盤的大戲來。

他既然選擇做為鄧子峰的人馬，此時自然要挺身而出、當仁不讓，於是立即表態說：「我明白了，省長，我會好好跟胡同志研究一下新區規劃的想法，看看怎麼把它落實下去。」

鄧子峰很滿意孫守義明白他的意圖了，笑笑說：「這就對了嘛，對城市發展有利的事我們就應該堅持，而不是因為某位領導持不同意見就放棄。我不是說某位領導同志不對，而是他也許只看到了不好的一面，並不瞭解全局。」

孫守義趕忙應承說：「是的，省長，我知道該怎麼去做了。」

鄧子峰掛了電話後，孫守義就開始思索著要如何進行這件事。

呂紀雖然否決了這個提案，但是是在私下的場合，並沒有公開拿到常委會上去決議，這就給了孫守義操作的空間。

胡俊森的堅持，也讓他有跟金達重提這件事的藉口，他可以利用胡俊森作為對抗金達的開路先鋒，跟金達衝突的事就由胡俊森去做，他只要在旁邊敲敲邊鼓、適時的推動就行了。

不過這個胡俊森是什麼意思啊，居然越級把事情鬧到鄧子峰那裏去，這不是讓省裏看海川市的笑話嗎？這種越級彙報的事可是工作的大忌，他要好好教訓他一番。

孫守義就撥了胡俊森的手機，說：「俊森同志，你在哪裡啊？」

胡俊森說：「我在從齊州回海川的路上，市長找我有事啊？」

孫守義聽胡俊森渾然不覺私下去找鄧子峰有什麼不對，更是心頭火起，便沒好氣的說：「你回來後來我辦公室一趟，我有話跟你說。」說完，沒等胡俊森回應就扣了電話。

胡俊森下午回到海川，來到孫守義的辦公室。

孫守義一臉不高興地瞪著胡俊森說：「俊森同志，我想聽聽你的解釋，為什麼市裏面否決的事你還鬧到鄧省長那裏去，你眼中還有沒有市委，還有沒有我這個市長啊？」

胡俊森卻沒把孫守義的訓斥當回事，理直氣壯地說：「孫市長，您要諒解我，我如果不直接去找鄧省長，那這個方案就可能胎死腹中了，這對我們海川市可是一個莫大的損失。」

孫守義看胡俊森絲毫不知道自己犯的錯誤，還狂妄的說什麼是海川市的莫大損失，越發的惱火，一拍桌子站了起來說：「胡俊森，你給我嚴肅點，你還沒認識到你這麼做是錯誤的嗎？」

胡俊森看孫守義發火，才有些緊張了，說：「市長，我的本意可是好的，你不是也贊同我的規劃方案嗎？」

孫守義教訓說：「一碼歸一碼，規劃方案是規劃方案，你做事的方式是你做事的方式！你做事的方式有很嚴重的錯誤，如果海川市每個人不滿意了都去找省長，那還要海川市政府和市委幹什麼啊。」

胡俊森這才低下了頭，說：「對不起啊市長，我只是覺得新區規劃方案對海川市很有利，就沒想那麼多。這件事如果我不去找鄧省長彙報的話，就會被無限期擱置，好在鄧省長對我的方案是支持的。」

孫守義覺得這傢伙真是太不懂得人情世故了，官場是很看重紀律的，他這麼做嚴重破壞了官場的紀律，對這種行為，上級領導也不會支持的。這次幸運的是鄧子峰正等著這樣一個機會好去打亂呂紀的部署，要不然，恐怕鄧子峰首先就不會給他好臉色看的。

孫守義質問道：「俊森同志，你叫我怎麼說你好呢？是啊，你的新區規劃是很好，但是那畢竟被金達書記否決了，現在你跟省長彙報了，省長又支持這件事，你要怎麼跟金達書記講啊？難道你要用省長的威勢去壓服金達書記？你在省裏的時候就是這麼做工作的？」

胡俊森辯解說：「市長，我覺得您把問題想得太過複雜了，這不是誰壓誰的問題，而是我的規劃既然對海川市有利，我就應該想辦法去推行它。」

孫守義不禁覺得胡俊森太固執己見、自以為是了，一點都不考慮金達會不會因此對他有什麼看法。也許是他以往的路走得太順了，沒有受過教訓，不知道在官場上所謂的領導意志是不可違背的。一旦違背，必然會遭受到領導的殘酷打擊。

孫守義正有點可憐胡俊森時，突然注意到胡俊森的眼神中有一絲掩飾的得意，心裏不禁一動，是不是他把這傢伙看得太簡單了？不管怎麼說，他也在省裏運作過公司資產重組，不該這麼不通人情世故才對啊。

難道他是故意為之的，想在這個世代交替的過程中為自己謀取政治籌碼？

這並非不可能。鄧子峰即將取代呂紀早已是東海政壇公開的秘密了，胡俊森這麼做會不會是為了取悅鄧子峰才故意這麼做的？如果真是這樣，胡俊森的政治敏感度就比自己要強了。

此刻孫守義才覺得他小看了這個胡俊森，這傢伙高傲的外表下面，竟也藏了頗多的心機。而且胡俊森這麼做，也把他算計進去了，胡俊森知道找了鄧子峰後，鄧子峰一定會找他來做這件事的。

這個混蛋竟連我也利用上了，孫守義心中越發的不爽，就看了胡俊森一眼，冷冷地說：「好吧，既然你是這樣想，那你就去跟金達書記解釋這件事吧，拿出你的本事來去說服他接受你的新區方案吧。」

胡俊森愣了一下，沒想到孫守義會對這件事置身事外，原本他想，如果鄧子峰支持他的話，孫守義自然會跟他同一陣線，一起來對付金達。現在孫守義卻讓他自己去說服金達，上一次他已經被金達狠狠地訓斥了一頓，他再去找金達，只會被罵得狗血淋頭。

胡俊森尷尬地說：「市長，我想您沒聽懂我的意思，鄧省長是支持我的方案的。」

孫守義心說我才不上你的當呢，就算我要支持這個方案，也不會傻到衝在前面替你去擋子彈的，起碼也要你先受了金達的第一波攻勢之後我再出馬。

孫守義笑笑說：「我怎麼不明白啊，鄧省長支持你的方案，這我知道，現在的問題是你光有鄧省長的支持不行，還需要去說服金達書記支持你才行，你不是很有辦法嗎，去啊，拿出你的辦法去說服金書記。」

胡俊森臉上就有點僵硬了，好半天才說：「那您呢？」

孫守義兩手一攤說：「我沒問題啊，你不用顧慮我，只要你能說服金達書記，我就一定會支持你的。去吧，去跟金書記彙報一下你找鄧省長的情況。」

胡俊森無奈的看了看孫守義，曉得自己的伎倆被孫守義看穿了，他是個心高氣傲的人，自然不肯低頭去央求孫守義，所以明知去找金達免不了會再受一頓好罵，還是得硬著頭皮自己去。就乾笑了一下，說：「那行，市長，我去找金書記彙報了。」

孫守義一副看好戲的模樣說：「去吧，我等著你的好消息。」

胡俊森就離開了孫守義的辦公室。

孫守義看著胡俊森的背影，暗自冷笑著，跟我鬥心機？你還嫩了點！他已經把胡俊森加入了需要警惕提防的黑名單中了，他可不想將來被這傢伙從背後捅上一刀。

一個人聰明無所謂，只要不把聰明用在算計人上面就可以；或者能夠聰明到把人賣了還讓人幫你點錢的份上也行，就怕算計人的手法拙劣，讓人一眼就能看穿，那就聰明反被聰明誤了。

第八章

禁忌之愛

曲志霞不由得嘆了口氣，她明知這樣是不對的，
然而這種禁忌之愛卻有著強大的吸引力，讓她無法放棄。
曲志霞忍不住又想起吳傾的好來，
忽然她有種不祥的感覺，吳傾真的是在家陪老婆嗎？
還是跟別的情人在一起呢？

金達接到胡俊森的電話，說是有事要當面彙報，心裏有點納悶，按說胡俊森有事通常是向市長孫守義做彙報的，什麼事需要直接找他這個市委書記報告呢？

金達說：「你過來吧，我在辦公室。」

胡俊森就出現在金達的辦公室，金達招呼說：「俊森同志，坐，你要跟我談什麼事啊？」

胡俊森坐到金達的面前，鼓足勇氣說：「是這樣的，金書記，我把新區規劃的想法跟鄧省長作了彙報，他很支持我的想法，認為我的規劃很有前瞻性。」

金達沒想到胡俊森要跟他說的居然是這件事，臉色立時沉了下來，他感覺到他市委書記的權威被冒犯了，很不高興的說：「俊森同志，誰批准你可以越級跟省長彙報這件事的？」

胡俊森說：「沒有誰批准，我認為新區規劃對海川未來的發展很有利，我一定要推動這個方案得到落實。」

金達臉色越發的難看了，說：「既然沒有人批准，你有什麼資格去跟鄧省長做彙報？你是能夠代表市政府，還是能夠代表市委？你眼中還有沒有組織啊。」

金達的語氣越發不善，胡俊森對此早有心理準備，便說：「我沒有要代表市委和市政府的意思，我只是覺得這個方案是好的，所以我想盡力爭取。而且鄧省長也很支持這個方案。」

金達冷笑一聲，說：「既然鄧省長支持你，你去找鄧省長好了，找我幹嘛？」

胡俊森漲紅了臉，據理力爭地說：「金書記，您不能這樣說，新區規劃需要在海川實施，我自然要找您這個市委書記啊。」

金達哼了聲說：「你還知道這個方案是要在海川實施的啊？好了，這件事就到此為止，我還要辦公，請你離開吧。」

金達毫不客氣的下了逐客令，胡俊森越發難堪，他看了看金達，想要說什麼，又不知道該怎麼表達自己的想法，終究還是沒說什麼，惱怒地就往外走。

走到門口的時候，金達叫了他一聲：「你等等，我還有話說。」

胡俊森以為金達改變了想法，停下腳步，轉身看著金達。

沒想到金達說道：「俊森同志，如果你覺得要直接對鄧省長負責的話，你可以跟省裏提出來把你調回省裏工作，海川市委一定放行的。」

金達這是對他明顯的羞辱了，胡俊森感覺實在是忍無可忍，便也不客氣地還擊說：「金書記，我是本著對工作負責的態度才那麼做的，我不覺得這麼做有什麼錯誤。反倒是您，身為市委書記，對海川市存在的發展問題故意視而不見，是很不負責任的做法。」

金達見胡俊森竟然指責他，不由得大怒，拍著桌子叫道：「胡俊森，請注意你的身分，我對工作負不負責任是由省委評定，還輪不到你來評價。」

胡俊森冷笑說：「金書記，您別忘了，我們不僅僅要對省委負責，也要對海川市的人民負責。您究竟有沒有盡責，人民心中也是有一把尺的。」

金達一時口快，給胡俊森抓到了語病，讓金達越發的惱火，氣急敗壞地說：「胡俊森，你不要逞一時口舌之利，我沒說不對人民負責。倒是你這種目無組織紀律的行為，嚴重干擾了正常的工作開展；甚至越級彙報，蓄意製造省政府和海川市之間的矛盾，你的錯誤十分嚴重。」

這時候胡俊森已經豁出去了，心知他跟金達算是徹底走上對立面了，因此竟不留情地反駁說：「金書記，您不要亂扣大帽子，我沒有要蓄意製造省政府和海川市之間的矛盾，我只是覺得您否決新區規劃是錯誤的，向省裏報告一下我的想法而已。反倒是您，您捫心自問，您是出於什麼原因來否決這個提案的。」

「你！」

金達語塞了，這方面他確實有些心虛，他原本也是贊同這個規劃的，只是聽了呂紀的分析，對自己仕途有了利益的盤算，才轉而反對的。

不過金達很快就緩了過來，反擊說：「胡俊森，否決新區規劃的理由我已經解釋過了，你理解不了是你的問題。你不要以為我不知道你一再拿新區規劃說事是為什麼。我提醒你，海川市不是你個人出風頭的地方。你的工作態度我會向省委反映的，現在請你離開。」

胡俊森無所謂地說：「您要怎麼做隨您的便，不過我也提醒您，海川市不是您的家天下，不是您說什麼就是什麼的。」說完，就頭也不回地摔門而去。

金達氣得差點要蹦起來了，他在屋內轉了幾個圈，越想越火大，心說絕不能就這麼放過胡俊森，他抓起電話打給呂紀，氣沖沖地說：

「呂書記，我要跟您反映一個情況，這胡俊森簡直太狂妄了，他眼中根本就沒有海川市委的存在。」

呂紀還是第一次聽到金達這麼失態，對金達不免有點失望，一個小小的副市長就把你搞得這樣失了章法，你也太禁不起考驗了。

呂紀不悅的說：「金達，你先冷靜下來，這麼急呼呼地是幹什麼啊？你是市委書記，不是外面罵街的潑婦。」

金達這才趕緊調整自己的情緒，道歉說：「對不起啊呂書記，我被胡俊森氣糊塗了。」

呂紀冷冷地說：「說吧，究竟怎麼回事啊？」

金達就把胡俊森瞞著海川市委和市政府，越級把新區規劃報告給鄧子峰的事說了。

「您說這鄧省長是什麼意思啊？明知道胡俊森越級彙報還支持他，這讓我們以後怎麼做工作啊？這傢伙不能再留在海川了，實在太目中無人，我沒辦法繼續領導他。」金達大發牢騷說。

呂紀聽完，好半天沒說話。他的政治經驗自然非金達可比，他馬上就意識到胡俊森的行為絕非只是為了一時出風頭。他對胡俊森這個人有些了解，聰明、傲氣，很知道自己想要達到什麼目的，絕非狂妄自大，更不愚蠢。他這麼做，肯定是經過精心的盤算，想要從這件事情上獲取什麼利益。

胡俊森的想法倒不難揣測，他在這個敏感時刻主動去找鄧子峰，是再明顯不過的投靠行為了，是表達他願意歸於鄧子峰旗下的意思。

那麼鄧子峰又為什麼會支持胡俊森呢？難道鄧子峰想提前對他發動攻勢嗎？不，他沒有必要這麼做，他離開東海省基本上已成定局，鄧子峰只要稍微忍一忍，東海省很快就會變天的。

哦，原來是這樣啊，呂紀忽然想通了，鄧子峰並不是真的想要跟他發生直接的衝突，而是想藉下面人的動作擾亂他對東海省的佈局。

胡俊森可能也看透了這一點，才會這麼不管不顧的跟金達發生衝突。

如果省委對這件事情進行處分，鄧子峰一定會借此大做文章，他就得花費精力和時間處理這件事。但是現在他最缺的就是時間，怎麼可以把精力和時間放在這個毫無意義註定會失敗的事情上呢？

之所以說註定會失敗，是因為鄧子峰很快就會成為東海省的一把手，到時候新區的規劃方案依然會被擺上議程。

想到這裏，呂紀對金達越發失望了，這傢伙怎麼連這麼點伎倆都看不透呢？胡俊森和鄧子峰早就算出金達會把事情反映到他這裏來，結果金達果真上當了。

這傢伙也不想想：就算事情反映到他這裏來又會怎樣？難道他會為了這個專門去找鄧子峰理論嗎？就算找了鄧子峰理論又能怎麼樣呢？他有實力逼著鄧子峰認錯嗎？

鄧子峰敢這麼搞，肯定早就想好後手了。他只要說是一場誤會，事先不知道呂紀否決了這件事就可以搪塞過去了。更何況現在他也不想開罪鄧子峰，他離開東海省，很多事情還需要鄧子峰給他善後呢。

這個金達啊，一點小事都處理不好，真是沒用。呂紀嘆了口氣，心中決定對這件事冷處理。他還有更多更重要的事等著要做呢，哪有閒心去管金達和胡俊森吵架這種閒事，於是說：

「金達，你跟我說這些是想要我幹嘛啊？」

金達被問住了，他沒想到呂紀是這樣一種態度，在他想來，呂紀現在仍然在位，鄧子峰公開唱對臺戲，明顯是對呂紀的冒犯，呂紀應該對此極為震怒才對；就算不跟鄧子峰發生正面衝突，起碼也會說幾句氣話才正常。誰知道呂紀不鹹不淡的問他想要幹嘛，一副事不關己的樣子。

金達不平地說：「您對這件事總該有個態度吧，這個胡俊森太目中無人了，不處理不行啊。」

呂紀失望地說：「金達，你怎麼一點政治敏感度都沒有啊？不要只看到你眼前的那一點，你要跳出這件事來看這個問題，要有大局觀。你為什麼不想想鄧子峰和胡俊森為什麼要這麼做呢？」

呂紀接著說道：「我上次不是跟你講過了嗎？這時候不要搞出太多事來，新區規劃的事，孫守義和胡俊森願意搞就讓他們搞去嘛，反正也不是一時半會兒能弄成的。你為什麼就不聽我的呢？現在這個時期，東海省政壇需要的是穩定，不要一點小事就鬧騰個不停。」

呂紀越說越是惱火，也沒給金達再講什麼的機會，直接啪的一聲扣了電話。金達有點傻眼，呂紀不管這件事，那他拿胡俊森要怎麼辦啊？難道就這麼不聲不響的忍下來？

左思右想了半天，金達還真是沒別的招數。呂紀不想興起大的波瀾，沒有省委的支持，即使他抓住胡俊森不放，也沒有強有力處分胡俊森的辦法。

金達有點頭疼，到底要如何扭轉這個被動局面還真是個難題。要他反過頭來支持胡俊森，他也是不願意的，他覺得自己的面子上過不去；但是不支持的話，就會開罪鄧子峰。他有點進退失據了。

這時候，金達忽然想起了孫守義，胡俊森一再找他鬧，這背後有沒有孫守義的支持授意呢？孫守義本來是很支持新區規劃的設想，會不會是他指使胡俊森這麼做的呢？

金達搞不清楚孫守義的立場，不過，也許他可以借孫守義化解眼前的困局。金達就打電話給孫守義，讓孫守義來他的辦公室一趟。

過了一會兒，孫守義來了，他已經聽說金達和胡俊森吵起來的事情了，心裏暗自偷樂。

「金書記，怎麼回事啊，我怎麼聽說您跟俊森同志吵起來了？」孫守義裝不知情地說。

金達看了孫守義一眼，覺得孫守義是故意在裝糊塗，埋怨說：

「我找你來就是要跟你說這件事的，這個胡俊森太狂妄了，居然擅作主張去跟鄧省長彙報新區規劃的事，我批評他目無組織紀律，他還不接受，跟我吵了起來，說什麼鄧省長支持新區規劃，似乎是有了鄧省長的支持，就可以不把海川市委放在眼中了。」

孫守義眉頭一皺，假意說：「這個同志啊，怎麼可以這樣呢？他找鄧省長彙報這件事我知道，鄧省長打過電話給我，問了詳細的情形。鄧省長對新區規劃是很支持的，所以我才讓胡俊森來找您報告鄧省長對這件事情的態度，哪知道他居然跟您吵了起來。」

金達心說：你果然是知道的，說不定就是你教唆胡俊森來跟自己吵架的。你是清閒了，卻把我架到火上烤了！金達對孫守義就有些不滿。

金達耐著性子說：「這傢伙太狂妄了，讓我真是孰可忍孰不可忍，我認為對他這種無組織無紀律的行為，市裏面必須給予處分才行。老孫，你說呢？」

孫守義見金達這是想拖他一起整治胡俊森，他也覺得應該給胡俊森一點教訓，就附和說：「我贊同您的意見，俊森同志把一些省機關的壞作風也帶了過來，對此我們必須嚴肅批評，絕不能縱容這種壞習氣的滋生。」

金達看孫守義贊同他處分胡俊森，滿意地說：「那回頭我們研究一下給他什麼處分比較好。」

「不過金書記，這裏面可是牽涉到了鄧省長，我們處理起來要謹慎一些，不要讓鄧省長對我們海川市有什麼看法。」孫守義提醒說。

金達說：「一碼歸一碼，鄧省長支持新區規劃這是一回事，這個我們回頭可以再研究；但是胡俊森做事的方式和態度卻必須嚴肅處分。」

聽金達這麼說，孫守義心想：金達倒挺會看風向的，是不是看鄧子峰即將上位，也想討好鄧子峰了啊？

不過這兩件事不是那麼好區分，要討好鄧子峰，就不能處分胡俊森太重，畢竟打狗也要看主人的。孫守義就建議說：「我覺得也不要去研究如何處分俊森同志了，其實俊森同志傲氣是傲氣了點，但是本意是好的，我建議就在相關會議上點名批評好了。」

金達知道孫守義這是顧慮鄧子峰才會這麼建議。反正點名批評也能為自己扳回面子了，就同意說：「這樣也行啊。」

孫守義又說：「那您覺得新區規劃這一塊該怎麼辦啊？現在鄧省長明確表示支持，我們對此沒個態度的話，對鄧省長不好交代啊。」

形勢比人強，沒有呂紀的支持，金達根本就沒有底氣去跟鄧子峰對抗，他本來就是想借著孫守義的轉圜，把這件事重新擺上議程的，就順著孫守義的話頭說道：「既然鄧省長都支持了，你們市政府就先試著搞出一個正式的方案來吧，到時候我們再來看看能不能把這個規劃啟動起來。」

早上，海川大廈門前。

傅華停好車，往海川大廈裏面走時，迎面正遇上了從海川大廈往外走的曲志霞。傅華打招呼說：「曲副市長早。」

曲志霞一副睡眼惺忪的樣子，看到傅華說：「傅主任早，我要趕緊走，上課要遲到了。」說完就匆匆上了車，直奔北大的方向而去。

傅華心想：真是不容易啊，這個年紀還要讀博士，肯定是功課壓力太大，才折騰的沒睡好覺。

此刻的曲志霞坐在車裏，正閉著眼睛假寐，她昨晚確實沒睡好覺，不過倒不是因為功課壓力太大，而是因為她跟吳傾吵架了。

昨晚曲志霞偷偷開好房間，讓吳傾前來幽會。她本以為吳傾一定會馬上過來，沒想到吳傾卻在電話裏面支支吾吾的，找了一堆在家陪老婆之類的理由說不過來，她滿懷期待卻落了空，心情不免受到影響。

不過曲志霞倒不責怪吳傾，她算是吳傾的小三，吳傾要陪正宮，她這個小三自然要被擱置在一邊了。

曲志霞有點無趣的躺在床上，心裏的熱望在慢慢冷卻，不由得嘆了口氣，她明知道這樣是不對的，然而這種禁忌之愛卻有著強大的吸引力，讓她無法放棄。

曲志霞忍不住又想起吳傾的好來，忽然，她有一種不祥的感覺，吳傾真的是在家陪老婆嗎？還是跟別的情人在一起呢？

曲志霞立時想到田芝蕾，她想起田芝蕾看吳傾的那種仰慕的眼神。不知道為什麼，曲志霞心中隱隱有一種感覺，吳傾和田芝蕾一定有不為人知的關係，此刻吳傾會不會就是跟田芝蕾在翻雲覆雨？

女人的第六感向來是很靈的，曲志霞心中浮起這個念頭後，心情再也平靜不下來，她一定要想辦法驗證一下吳傾是不是跟田芝蕾在一起才行。

可是怎麼去驗證呢？曲志霞在床上翻來覆去地想著，她的眼神落在了房間裏的電話上，她想到辦法了。

曲志霞先用手機打了田芝蕾的手機，田芝蕾很快接了電話，問道：「學姐，找我有事啊？」

曲志霞假意問田芝蕾今天有沒有做課堂筆記，說她今天上課時有些走神，教授講的不少東西她都沒有聽清楚，想借田芝蕾的筆記抄一下。

在跟田芝蕾講話的同時，曲志霞用房間的室內電話另外撥了吳傾的手機，想聽聽田芝蕾的手機會不會傳來吳傾的手機鈴聲。

曲志霞很不希望聽到吳傾的手機鈴聲，但是她失望了，吳傾的手機鈴聲很快從田芝蕾那邊傳了過來。

過了一會兒，聽不到鈴聲了，似乎吳傾離開了田芝蕾的身邊，緊接著，那位吳傾帶有磁性的聲音也從座機的話筒中傳來，說：「你好，我是吳傾，那位找我？」

曲志霞頓時火冒三丈，她無法容忍吳傾除了有她這個小三之外，居然還有小四的存在。她憤慨地大喊道：

「吳傾，你這個混蛋，居然真的跟田芝蕾在一起！你竟敢玩弄我的感情，你信不信我向學校揭發你玩弄女學生的醜惡嘴臉啊？」

吳傾愣了一下，說：「怎麼是你啊？」

曲志霞吼叫說：「不能是我啊？你不是要在家陪老婆嗎？怎麼又跟田芝蕾那個狐狸精混在一起了呢？我真沒想到你是個玩弄女性的流氓。」

吳傾趕緊解釋說：「志霞，你誤會了，我跟小田是有事要談，並不是你想的那個樣子。」

曲志霞嗤了聲說：「你當我是三歲孩子啊，如果有事要談，為什麼要跟我說你在家陪老婆啊？再說，這麼晚了，你跟田芝蕾那個狐狸精談什麼啊？是不是在談教授怎麼騙女學生啊？」

吳傾安撫說：「志霞，你聽我說，真的不是你想的那樣，我跟小田真的只是在談公事。」

曲志霞冷笑一聲，說：「什麼事不能在學校談，卻要跑去賓館開房間談啊？騙誰啊！」

「你怎麼知道我們開了房間？」吳傾一驚，說：「你跟蹤我？」

曲志霞冷笑著說：「我不過是詐你一下罷了，沒想到你馬上就承認了。虧你還是名教授呢，原來是這麼一副嘴臉。」

吳傾見瞞不過去了，語氣就冷了下來，說：「曲志霞，你夠了吧，你有什麼資格來說我，你以為你是什麼好東西嗎？你也是有孩子丈夫的人，為了能夠讀我的博士班就跟我上床，你跟我半斤八兩，誰也強不了多少的。」

「你，你！」曲志霞氣得結巴了，破口罵道：「你個混蛋，不是你用教授的身分脅迫我，我會跟你這樣嗎？」

「脅迫?!」吳傾無恥的說：「曲志霞，別把自己說的跟聖女一樣，我用得著脅迫你嗎？我看你很享受我給你帶來的快樂啊，不是你急急的開房間邀請我過去的嗎？是誰在我下面叫得跟什麼一樣？又是誰抱著我又親又啃的叫我寶貝？脅迫，你也配?!」

這時田芝蕾也在電話那邊譏笑說：「是啊學姐，教授這方面挺強的，你爽了就承認爽了，別把話說的那麼難聽嘛。」

「無恥！」曲志霞氣結地罵道：「你們這對不知羞恥的狗男女。吳傾，你別這麼囂張，信不信我把這件事抖出來，看你還有臉做你的名教授。」

吳傾有恃無恐地說：「曲志霞，你敢嗎？你可別忘了自己的身分，你把我抖出來，自己還不是一樣要倒楣？好好想想清楚吧，傻瓜！」

曲志霞呆愣住了，是啊，她要是把吳傾抖出來，自己也要跟著倒楣，她的家庭、事業必然會受到嚴重的打擊。看來吳傾早就看準了這一點，才敢肆無忌憚的這麼對她。

不過，這時候她絕不能示弱，如果在這時候屈服了，她不但被吳傾給白玩了不說，今後的學習也將會變得十分尷尬。不行，就算跟吳傾魚死網破，她也不能低這個頭。

曲志霞冷笑一聲，威嚇說：「吳傾，你別以為就你聰明，別人都是傻瓜。我告訴你，姑奶奶可不是那麼好惹的，今天我非要跟你叫這個板！我豁出去了，什麼我都不要，就是要把你這個混蛋的真面目揭露出來。等著吧，我明天就去找校領導，向他們反映你跟我發生的事，看看他們管不管你這個禽獸。」

這就是吳傾倒楣的地方了，如果換做是一般的女人，為了顏面，恐怕就會被他嚇回去，不敢再鬧騰了。但曲志霞是什麼人，在官場上一路廝殺混到常務副市長位置上的人，什麼樣的場面沒見過，可謂鬥爭經驗豐富，怎麼會被他這個常年只待在象牙塔裏的教授給嚇住呢？

吳傾一聽有點懵了，往常女人被他這麼一說，就會忍氣吞聲，不會再來糾纏他了。但這個曲志霞不但沒有退縮，反而還說要找校領導。這女人不會是嚇唬他的吧？

吳傾遲疑了一下，說：「曲志霞，你能去跟校領導講什麼啊？你要揭發我，你有證據嗎？」

曲志霞笑說：「吳傾，你是不是太健忘了些？你忘了這段時間你可是給我發了不少的肉麻短信的。再說，我們去的賓館不會沒有監控影帶，回頭我讓校領導來調監控影帶好了。」

吳傾一聽，知道這次遇到狠角色了，態度馬上緩和下來，示好地說：「志霞，不要這樣子嘛，我剛才是跟你開玩笑的。」

曲志霞一聽吳傾這麼說，知道這場博奕她占了上風，便冷笑說：「吳傾，別說得那麼好聽了，我可不覺得你是在跟我開玩笑。」

吳傾陪笑說：「對不起，我剛才是有點衝動了，我跟你道歉還不行嗎？志霞，你放心，今後在學業方面我會盡力幫助你的，論文什麼的我都會幫你搞好，你就不要生我的氣了，行嗎？」

吳傾這是開出條件想要收買曲志霞，曲志霞暗想：這麼點好處就想打動我曲志霞了，你想得美！

其實所謂的肉麻短信，她做賊心虛，早就刪掉了，她手裏並沒有什麼有力把柄，如果不趁此刻還能唬得住吳傾時，從吳傾身上撈點什麼，等之後吳傾回過味來可就晚了。

曲志霞強勢地說：「吳傾，我沒那麼容易被你打發的，你別說我沒給你機會啊，現在我給你三十分鐘過來跟我承認錯誤，超過三十分鐘，我就豁出去了，大家一拍兩散好了。」

吳傾有點不甘心就範，說：「志霞，你別這個樣子……」

「別廢話了，」曲志霞打斷吳傾的話，說：「我已經開始計時了，過不過來你自己看著辦吧。三十分鐘，多一分鐘我也不會等的。」說完就掛了電話。

曲志霞之所以這麼要求，一來是對吳傾保持一種高壓的姿態，讓吳傾緊張，來不及冷靜思考怎麼解決問題；另一方面，曲志霞也不想真的跟吳傾一拍兩散，她是要趁著這個慌亂的機會，逼著吳傾跟她簽下城下之盟，從吳傾那裏儘量獲取更多的好處。

曲志霞仰躺在床上看著天花板，對吳傾會不會來，她其實並沒有把握；如果吳傾不來，她也只好自認倒楣了，畢竟這件事情萬一鬧大，對她也沒什麼好處，她可不想為了賭一口氣，就把所有的一切都搭進去。

曲志霞現在是在做一場賭注，賭吳傾比她更不能失去擁有的一切。吳傾為了保住名譽與地位，就一定會來求她的；吳傾如果來了，那她就算是賭贏了。

這三十分鐘漫長的就像一個世紀，當曲志霞聽到門上傳來幾聲弱弱的敲門聲之後，她從床上跳了起來，她知道這個時候沒別人會來，來的肯定是吳傾。她心中冷笑一聲，別看這吳傾在講臺上人模狗樣的，實際上卻是個懦夫啊。

曲志霞看了看時間，還真的沒超出三十分鐘。她伸手把皮包拿了過來，從裏面拿出一枝錄音筆，打開後又放回包裏。這次她要留下真正能用得上的證據了。

這枝錄音筆並不是她刻意帶來的，而是她包裏常備的一件東西，是為了參加一些重要會議做記錄用的，想不到今天派上了用場，用在對付吳傾身上了。曲志霞這才去開了門，就見吳傾一臉惶恐的站在門外，看到曲志霞，立即腆著臉說：「我沒來晚吧，志霞，這一路我可是闖了好幾個紅燈，明天肯定要接到好幾張罰單了。」

曲志霞冷笑一聲，說：「那是你自找的。田芝蕾那狐狸精呢？」

「我讓她回去了，其實這不能怪我，是她想從我這裏得到些好處，一再的黏上我。要怪只能怪我這個人意志薄弱，就被她黏上了。」吳傾狡辯地說。

曲志霞不禁搖頭說：「吳傾，你有點擔當好不好啊？別出了事就是女人的錯，別以為我不知道你是個什麼貨色。」

吳傾趕忙陪笑說：「好好，我承認都是我的錯，我一定改正。我跟你保證，以後不會再跟田芝蕾私下約會了，我以後只對你好，可以嗎？」

第九章

風雲人物

高芸說：「你知道嘉江省省委書記睢心雄吧？」

傅華聽了，立即說：

「風雲人物啊，我怎麼不知道，

他曾經做過東海省某地的市委書記呢。

你爸在他身上有了別的想法，哦，我知道了，

他不會也有個兒子吧？」

曲志霞看了一眼吳傾，冷冷地說：「你說的倒好像是我在跟田芝蕾爭風吃醋一樣。」

吳傾心說：你個臭娘們，你不是爭風吃醋又是幹什麼啊？媽的，老子沾上你真是倒了楣了。嘴上卻軟語求和說：「不是了，志霞，都是我不好，我不該有了你還不滿足，你原諒我吧。」

說話間，吳傾注意到曲志霞的臉色有些和緩了，就大著膽子過去抱住了曲志霞，看曲志霞沒有反抗，一面說著噁心的情話，一面越發的進一步開始去吻曲志霞的臉。

曲志霞臉色一沉，揮手一擋說：「你想幹嘛，我要你來，是讓你承認錯誤的，可不是讓你做這些事的。」

吳傾膩笑著說：「行，行，我承認我錯了，我不該跟你在一起後，還要跟田芝蕾有那些不清不楚的關係。我跟你保證，以後我會跟田芝蕾一刀兩斷，再也不敢了。」

他邊承認著錯誤，一邊繼續手上的動作，他很信服那句張愛玲的名言：「到女人心裏的那條路經過陰道。」他覺得今天只有跟曲志霞做成了那件事，他才算是收服了曲志霞的心，曲志霞才不會再鬧下去。

曲志霞心裏雖然抗拒吳傾的動作，身體卻不由自主地扭動著配合著吳傾的動作，吳傾經驗老道，很快就把她撩撥的渾身像著了火一樣，曲志霞嘴裏說別這樣，卻沒兩下就被吳傾卸掉了身上的鎧甲。

吳傾俯身下去，用舌頭親吻著曲志霞的身體，在吳傾舌頭的挑動下，曲志霞渾身像觸電般的酥麻。吳傾看曲志霞很是興奮了，便想爬到曲志霞身上，沒想到曲志霞用力的一把將吳傾從身上掀了下去，一腳將他踹到地上。

曲志霞指著吳傾的鼻子罵道：「別以為事情就這麼過去了，姑奶奶以前肯讓你服侍是給你臉，你卻給臉不要臉，以後不經過我允許，不准你爬到我的身上來。」

吳傾此刻卻是被曲志霞引得情動了，急需想要發洩，便哀求說：「志霞，你別這樣，我都跟你賠不是了，你就讓我來一次吧。」

曲志霞硬著心腸說：「滾一邊去，現在姑奶奶沒興致了。」

吳傾恨恨地看了曲志霞一眼，卻也不敢跟曲志霞對抗，無奈的說：「行，你說什麼就是什麼吧。」

曲志霞發號施令說：「行了，吳傾，姑奶奶我已經爽到了，你可以離開了。我不會去找校領導那兒舉發你了，不過你答應我的事，希望你能言而有信。」

吳傾偷偷看了眼曲志霞，說：「那我給你發的那些短訊呢？你能不能把它刪了啊？我跟你保證，我答應你的事一定會做到的，你實在沒有保留那些短訊的必要的。」

曲志霞笑了起來，說：「我可不相信你的保證，你剛跟我好的時候，也跟我保證得天花亂墜的，但是才幾天，你卻在別的女人面前把我說得一文不值，你的保證頂個屁用啊。你放心，我會把短訊保管得好好的，直到我的在職博士讀完為止。」

吳傾看了看曲志霞，說：「你別太過分啊，該做的我都已經做了，你難道非逼著我跟你翻臉嗎？」

曲志霞現在已經將吳傾承認錯誤的內容都錄了下來，手裏有了強有力的證據，心裏也就有了底氣，便笑笑說：「吳傾，你如果有跟我翻臉的膽量，你就不會奔命一樣的過來討好我了。重點是你根本就是個懦夫，卻還不能認清形勢，要跟我耍橫，行啊，你要翻臉就翻吧，我等著你。」

吳傾看沒有嚇住曲志霞，態度又變得軟化了下來，說：「志霞，我們倆沒必要鬧成這個樣子的，你相信我，我一定會做到跟你承諾的事的，你就把那些短訊給刪除了吧，叫你丈夫看到了不好。」

曲志霞朝吳傾的腦袋就是一腳，罵道：「雜碎，你要硬就硬到底啊，怎麼又軟了呢？真是讓我瞧不起你啊。看你在講臺上人五人六的，還覺得你是個人物呢，哪知道你連個男人都算不上。趕緊給我滾蛋，別讓我看著你心煩。」

吳傾看實在無法說服曲志霞了，只好作罷說：「我走就是了，不過明天在教室裏，希望你對我尊重一點，畢竟我還是你的博導，你對我不客氣，別人會有看法的。」

曲志霞冷哼說：「放心吧，這點禮貌我還是有的，滾吧。」

吳傾就灰溜溜的走了。曲志霞聽了一下錄音筆內的內容，放心多了，起碼不用擔心以後吳傾對她使壞了。

不過，雖然有了這個東西，她跟吳傾的關係算是徹底的變味了。這可跟曲志霞一開始的設想有很大的差別，原本她還想跟吳傾過一段美好的學習生活呢，誰知道現在鬧成這個樣子。

有那個田芝蕾，事情已經鬧開，以後相處起來肯定很彆扭。一想到這些，就讓曲志霞心煩不已，回到海川大廈，在床上輾轉反側了好久才睡了過去，使她起床晚了。

匆匆趕到教室，吳傾和田芝蕾都到了，曲志霞偷眼看了看兩人的表情，發現兩人裝得像是什麼事情都沒發生過一樣，心裏鬆了口氣，也是，現在的人都會裝道德君子，起碼這樣大家不用那麼尷尬了。

這邊傅華進了辦公室後，就拿著資料去商務部，海川市有一個外資項目需要商務部審批，他聯繫好人把資料遞上去。

剛從商務部回來，已經是十點了，一坐下，高芸就走了進來。

高芸露出甜笑說：「你在忙什麼呢？」

傅華回說：「也沒忙什麼，剛去了商務部一趟，我們這工作就是這種跑腿的活。坐吧。」

傅華把高芸讓到沙發那裏坐了下來，幫高芸倒上水，說：「找我有事啊？」

高芸說：「我怎麼聽說你最近跟胡東強打得火熱啊？」

傅華笑說：「這還不是拜你所賜啊，是你把我拉進這個圈子的。」

高芸回說：「行了，別得了便宜還賣乖了，說起來你還應該謝謝我呢，天策集團因此要在海川投資，對你來說可算是一筆不小的業績呢。」

傅華搖搖頭說：「看你這話說的，你知道這件事你給我帶來了多大的風險啊？遇到伏擊那次就不說了，胡少還要買凶花了我的臉，這個便宜給你你要啊？至於天策集團的投資，那是我冒險化解了我跟胡少的衝突才得到的，這筆賬怎麼也算不到你的頭上的。」

「誒，你別這麼斤斤計較好不好？」高芸不滿的說：「你看你，胡少胡少的，叫得多親熱啊，想不到你還真是傍上胡家了。」

傅華打趣說：「別說的這麼難聽好嗎？我可不像你們家，還需要跟他聯姻什麼的。」

高芸臉色頓時沉了下來，瞪了傅華一眼說：「喂，你不揭我的瘡疤就難受是吧？」

傅華也覺得這話說得有點不對，趕忙陪笑說：「不好意思啊，順口就說出來了。其實呢，胡少這個人本質上還是不錯的，除了風流一點之外，沒別的毛病。」

高芸反駁說：「對女人來說，男人風流就是最大的毛病。不錯嘛，你居然還幫他說起話來了，看來一個投資項目就把你給收買過去了。」

傅華嘻皮笑臉地說：「那你們和穹集團什麼時候也弄個項目收買收買我啊？到時候我也會幫你說好話的。」

高芸斜睨了傅華一眼，說：「傅華，我很好奇，如果讓你說我的好話，你會說些什麼？」

傅華滑頭地說：「你想聽我說什麼？你告訴我，我可以當面說給你聽。」

高芸笑罵說：「去你的吧，我告訴你算是怎麼回事啊，我想要聽的是你真正對我的看法。快點，說來我聽聽，你是怎麼看我的？聽得悅耳的話，我就賞你個項目。」

傅華不禁看了高芸一眼，心說她不會真的是帶著項目來的吧？如果是這樣子的話，倒是要好好奉承她幾句了。便笑笑說：「那好吧，我就說說我對你的看法。首先呢，你是個美女，長得很漂亮。」

高芸笑道：「你認為我很漂亮嗎？那我是不是你喜歡的那一型啊？」

傅華被嗆了一下，他沒想到高芸說話這麼直接，他不想去回應高芸的話，就含糊地說：「漂亮女人，男人都會喜歡的。」

高芸搖搖頭說：「膽小鬼，你回避我的問題。」

傅華說：「好了，別打岔行嗎？先聽我說完好不好。」

高芸一副看好戲的樣子說：「行，你說！我看今天你能不能說得跟花兒一樣。」

傅華便繼續說：「這簡單，第二點呢，你很有氣質，具大家風範，像一朵盛開的牡丹。有花了吧？」

高芸忍不住大笑起來，說：「滾一邊去，我怎麼覺得這話從你嘴裏說出來像是在罵我一樣啊，就憑這樣你還想從我這裏哄到項目啊，門兒都沒有。」

傅華看了看高芸，正色說：「你不會真的是有項目要給我吧？」

高芸笑笑說：「公司倒真是有項目想要去二三線城市做，你知道前段時間我們競標灘塗地失敗的事，這個項目沒做成，公司就有一個投資額度空出來了，就我的意思呢，想把這筆額度還是投到海川去。」

傅華不禁問道：「你這麼做，不會是為了補償我吧？」

高芸認真地看著傅華，說：「如果我說是，你是不是要拒絕呢？」

傅華說：「拒絕？我才沒那麼傻呢，說實話，被無端的捲進你跟胡東強的事情當中去，我可是很受傷，你確實應該補償我的。」

高芸笑罵說：「你真是有夠無恥的，明明賺到了還說很受傷。不過呢，你先別急著高興，這件事現在出現變數，我爸對這筆額度有了別的想法。」

「什麼想法啊？」傅華好奇地問道。

高芸說：「你知道嘉江省省委書記雎心雄吧？」

傅華聽了，立即說：「風雲人物啊，我怎麼不知道，他曾經做過東海省某地的市委書記呢。你爸在他身上有了別的想法，哦，我知道了，他不會也有個兒子吧？」

高芸瞪圓了眼睛，嗔道：「去去，你怎麼什麼都往我的婚姻上扯啊？不會是你對我有想法，吃醋了吧？」

傅華趕忙告饒說：「我錯了，這話算我沒說。說吧，你爸究竟有什麼主意了？」

高芸說：「你知道這個雎心雄一直風頭很勁，從地方到中央都在關注他。他新到嘉江省不久，正想做出點成績給人看，就托人找到了我爸，想要我爸去嘉江省投資支持他。我爸就有點動心。雎心雄的父親也是開國元勳，高家現在跟胡家生分了，如果跟雎心雄能夠搭上關係，對我們來說也是件好事。」

傅華聽了，看著高芸說：「你想聽我對這件事的意見嗎？」

高芸點點頭說：「想，不過，如果你純是為了把我們的項目拉到海川去的話，那還是不要說了。」

傅華說：「我是那麼狹隘的人嗎？你們和穹集團要不要把項目投在海川，你們可以自己評估；我想說的是，千萬不要上睢心雄這條船。」

高芸不解地問：「為什麼啊？睢心雄在國內影響很大的，睢家也是紅色家族之一，實力雄厚。」

傅華分析說：「你沒有身在官場你不懂，很多事情不能只看表面。表面上看，這個睢心雄很厲害，走到哪兒都是大眾的關注焦點。最近更是迎合社會大眾的心理，搞了兩個很大的動作，一個是文化市場大整頓，另一個是社會秩序大整頓，讓他更成了熱門的焦點人物。」

高芸聽了說：「對啊，這是媒體最近一直關注的重點，幾乎每天都大幅的報導這件事。坊間還有傳言，說他會進入新一屆的領導圈中，我們和穹集團不正是應該趁此機會跟他打好關係嗎？將來他一旦進入核心圈中，我們和穹集團也會受到很大的關照的。」

傅華笑笑說：「這麼說，你父親是這樣看這件事的囉？」

高芸點點頭說：「是啊，所以他才想把那筆投資額度放到嘉江省去，以示我們和穹集團對睢心雄的支持。」

傅華勸阻說：「你父親如果真是這麼想的，那可就是大錯特錯了。不應該啊，以你父親的睿智，應該看得透這個局才對啊。」

高芸質疑說：「傅華，你的意思是我父親這個看法是錯的？我怎麼不覺得啊，你告訴我他錯在哪裡？」

傅華解釋說：「都跟你說了，官場上的東西你不能只看表面。你說的不錯，最近媒體是在大幅關注睢心雄在嘉江省做的事情，但是你注意到沒有，國內最重要的那家媒體對此可是很少報導。偶爾提到也是輕描淡寫，根本就不關注的樣子。」

高芸仔細想了想傅華說的話，不禁說道：「還真的是啊，難道這意味著什麼嗎？」

傅華語帶玄機地說：「這裏面的意味可多了，你好好想想吧。」

「別給我打啞謎，」高芸不滿地說：「你老老實實分析給我聽，如果你說的有道理，我會說服我父親把投資額度放到海川去的。」

傅華笑了笑說：「那好吧，我分析給你聽。我個人認為這意味著兩方面訊息，一是高層對睢心雄的做法心有疑慮，並沒有對此加以肯定，而睢心雄這麼做也有逼宮的意味；雖然傳聞說他可能上位，但實際上已經沒有這個可能了。他不甘心就此失敗，才搞出這些動作，想要廣挾民意逼迫高層讓他上位。」

高芸不敢置信地說：「不可能是這樣吧？他即將進入高層的事，外國媒體都報導出來了，連職務都安排好了不是嗎？外國媒體的消息一向是很準確的。」

傅華搖頭說：「媒體是很容易被利用的，外媒也是一樣。現在離換屆只有不到三年的時間，如果上位沒問題，他應該韜光隱晦才對，他這麼上躥下跳的，就是要放手做最後一搏的意思。再說古往今來，你看過有幾個人以下凌上能有好結果的？」

高芸遲疑了，說：「難道睢心雄真的沒機會上位了？」

傅華說：「我個人認為他不但沒機會上位，甚至還岌岌可危，如果不是高層擔心動他會影響太大，造成不安的話，很可能他現在就會被拿下了。」

高芸大感意外地說：「不會吧，我看他現在很風光啊。」

傅華不以為然地說：「他不是很風光，而是太風光了。實際上他這兩項舉措與以往他的理念是截然相反的，這不過是他的投機行為而已，他是想借助民眾對政府的不滿，把自己打造成民意的代言人，借民眾的力量上位罷了。你可以把這些話說給你父親聽，他是明眼人，相信他一聽就明白雎心雄究竟是怎麼一回事了。」

高芸笑說：「行，我會跟我父親說的，看看他怎麼反應。項目的事我會盡力幫你爭取的。」

傅華說：「先謝謝你啦。」

「跟我還客氣啊?!還有一件事你要小心，你不要以為天策集團的灌裝廠會肯定的落戶在海川。」高芸提醒傅華說。

傅華愣了一下，天策集團在海川設灌裝廠他認為應該是百分之百確定的事了，難道還有變數?這個項目他已經跟孫守義提過，萬一半道被人截胡了，那他可就失職了。

傅華趕忙說：「不會吧，這件事是胡瑜非自己提出來的，怎麼還會有變化呢?」

高芸笑笑說：「變故還是出在雎心雄身上。」

傅華驚呼說：「不會吧，難道雎心雄找胡瑜非了?」

高芸說：「那倒沒有，不過也不需要睢心雄親自出馬，他兒子出馬就可以了。」

傅華不禁笑說：「他還真有個兒子啊，難怪你父親想要上他的船呢。」

高芸抗議道：「喂，你夠了吧，再拿我開這種玩笑我跟你翻臉啦。」

傅華正色說：「好，我不開你玩笑了。這與他兒子有什麼關係呢？」

高芸說：「他這個兒子名叫睢才燾，剛在德國念完博士回國，為了幫助他父親在嘉江省做出政績，目前正四處幫他父親拉投資項目呢。」

傅華問：「這個睢才燾能影響到胡瑜非？」

高芸說：「他還沒到那個層級，不過他能影響到胡東強。」

傅華聽了，忍不住說道：「高芸，你這話我可不同意，你不瞭解胡東強現在對我的信賴程度，你瞭解的話，就不會再這麼說了。」

高芸笑了起來，說：「你是不是覺得你跟胡東強現在關係很鐵啊，但是你不知道，有一個人比你更有影響力。」

傅華大感好奇地說：「誰啊？」

高芸說：「是一個叫做馮葵的女人，是胡東強他們那個圈子的老大。」

「葵姐？」傅華驚訝的說：「這與葵姐又有什麼關係啊？」

高芸詫異地說：「你知道葵姐？這麼說胡東強帶你見過她了？」

傅華搖搖頭，「倒是沒見過，胡東強那天想領我去見她的，不巧葵姐不在會所裏。」

說到了會所，傅華不由得想起那晚一度春宵的那個女郎來了，心裏又泛起了一陣漣漪，有點後悔竟沒留下女郎的聯繫方式。

高芸有些吃味地說：「看來胡東強對你還真好，這麼快就領你去見他們老大了。」

傅華說：「你見過這個葵姐嗎？」

高雲點點頭：「見過，胡東強領我跟他圈子裏的人見過面的。」

傅華好奇心大起，問說：「這個葵姐長什麼樣啊？聽胡東強那麼吹噓這個女人，我真是很好奇。」

高芸不悅的瞪了一眼傅華，說：「還能是什麼樣子啊，女人樣唄。」

看高芸居然吃起了這個葵姐的飛醋，傅華心裏暗自好笑，就不再追問葵姐的長相了，笑問：「那這個雎才燾與葵姐又是怎樣的一個關係呢？」

高芸說：「他們現在是男女朋友關係，雎家和馮家在老爺子那一輩關係就很好，算是世交，這次雎才燾回國發展，有人就撮合了他們兩人。」

傅華大嘆說：「又是一場家族聯姻啊，誒，這個葵姐原來年紀並不大啊。」

高芸笑說：「你是不是以為這個葵姐能做胡東強他們圈子的老大，就一定是個老女人？其實她還沒胡東強大呢。她能成為圈子的老大，是因為她的本事而非她的年紀。雖然胡東強那個圈子裏的傢伙都是利用家族在賺錢，但是這個葵姐無疑是他們當中最成功的一位，她很小年紀就累積起上億身價了。」

「這還真是英雄出少年啊，我一直以為她最少也是個四十多歲的女人了。」傅華咋舌地說。

了解葵姐和睢才燾的關係後，傅華知道葵姐一定會幫睢才燾拉項目去支持睢心雄的，那灌裝廠能不能落戶海川還真是很有懸念了。

以他的力量，根本無法對抗睢家和馮家的連體；不光是他對抗不了，恐怕胡家也無法對抗，看來天策集團把灌裝廠放在嘉江省已成定局了。

他有一種很無奈的感覺，都已經吃到嘴裏的項目就這麼半路丟了，忍不住罵了句：「這幫含著金湯匙出生的傢伙真是牛啊，輕輕地動動嘴皮子，就把我那麼多的努力全部化成泡影了。」

高芸也感嘆說：「是啊，這幫傢伙有家族的支持，做什麼事情都很容易，這時候我就有點理解我父親當初要我嫁給胡東強的心態了。」

傅華打趣說：「你現在後悔還不晚啊，我可以幫你挽回，胡東強心裏還是在乎你的，跟你解除婚約他也很不好受。」

高芸嗔道：「去你的吧，我好不容易掙脫婚約，才不後悔呢。我只是想說這幫傢伙的強大並非我們這些人能夠對抗的。」

傅華譏刺說：「這幫傢伙如果願意上雎心雄那條賊船，就讓他們一起倒楣吧，我等著看他們的笑話。」

高芸不禁看了傅華一眼，驚異地說：「傅華，你這是在詛咒他們嗎？我還以為你是好人呢，原來你也有暗黑的一面啊。」

傅華笑說：「我這不過是發發小老百姓無法對抗權貴的怨氣罷了。算了，這件事原本就是胡瑜非主動送上門來的，如果真的不行就不行了吧，權當沒發生這麼一回事好了。」

高芸看了傅華一眼，說：「你就這麼容易認輸嗎？為什麼不抗爭一下呢？如果是我，我一定會想辦法爭取一下的。」

傅華搖搖頭說：「你也知道他們有多強大了，你掙脫跟胡東強的婚約是多麼難啊，不惜自我玷污名節才達到目的，我又能怎麼爭取？這本來就是私人交情的問題，人家的交情比我深多了，我爭得過人家嗎？」

閒聊到中午，高芸就留在海川大廈和傅華一起吃了午飯，之後才回和穹集團。

臨近下班的時候，胡東強打電話來，要他晚上別安排節目，一起去會所玩，順便有事情要談。傅華猜測很可能是天策集團有了什麼決定，不論天策最終選擇海川還是嘉江省，這件事終須要有一個結果，傅華也想早日知道天策集團的選擇是什麼，就答應了。

晚上傅華按約定的時間去了會所，一一和徐琛、蘇啟智等人打了招呼，胡東強就說：「傅哥，先玩幾把吧，一會兒葵姐要來，今天讓你見見這位大姐大的風采。」

傅華心說葵姐很可能是來為睢才燾爭取灌裝廠項目的，好吧，那我就看看這位傳奇人物究竟是個什麼樣子。傅華就在梭哈臺前坐了下來，他手裏有上次贏到的八百多萬，倒不愁沒錢跟徐琛這些人玩。

新一局，莊家開始發牌，不知道是不是因為他今天的運氣實在太差的緣故，接連幾把他的牌都是差到不能再差，沒辦法，他只好棄牌。

這把徐琛搞得鬱悶無比，原本他今天是想要大殺傅華的威風的，沒想到傅華根本就不跟他鬥，他拿到幾把好牌都沒人跟，只贏得了一點底注。

這也沒辦法，梭哈這種遊戲只有牌面都不錯才會鬥得起來，如果雙方牌面差得太懸殊，除非是為了鬥氣，否則是沒有人會拿很差的牌瘋狂下注的。

再度棄牌後，傅華看到徐琛一臉的鬱悶，歉意的說：「琛哥，今天我的手氣實在不順，不然我會跟你好好玩幾把的。」

徐琛知道也怪不得傅華，就笑了一下說：「無所謂了。」卻把火氣發洩到荷官身上，抱怨說：「你今天是怎麼了，牌發得這麼差。」

荷官趕忙陪笑說：「對不起啊琛哥，我會注意的。」

「琛哥，你有點賭品好不好，你沒贏到錢是你的運氣不好，怪我們家荷官幹什麼啊！」這時，突然一個女聲說道。

傅華抬頭，就看到一個女人帶著一個男人從門口走了進來，看到女人的模樣，傅華不禁愣住了，這女人居然是那晚的那個陪侍女郎。

他雖然有些發愣，倒不吃驚，這女人本來就說過她認識徐琛的。但是接下來徐琛說的話卻徹底讓他驚呆了。

就聽徐琛笑著說：「葵姐，別這樣子好嗎？我心氣不順說兩句都不行啊。」

這女人居然是葵姐！想不到跟他一夜情的女人居然就是胡東強這個圈子的老大，傅華此刻的心情只能用震撼來形容了。

話說那天他還付了嫖資給這個大姐大的，這個葵姐也真是夠另類了，居然還笑著把錢接下，真不知道她是怎麼想的，大概對他的行為笑掉大牙了吧。

這時葵姐也注意到了傅華，不過她似乎沒認出來傅華就是那晚跟她在一起的那個男人，或者她玩過的男人太多了，根本就沒記住傅華的臉。

她面色如常地說：「咦，今天有新朋友啊？」

胡東強介紹說：「葵姐，這是我帶來的朋友，上次來過一次，不過你不在，所以沒介紹給你認識。」

葵姐笑著伸出手來，問說：「怎麼稱呼？」

第十章

心理博奕

他故意稍作猶豫，然後看著睢才燾說：

「臺面上我三條A，睢少三條Q，還是我贏面大一些，

沒有理由不搏一把的，我梭了。」

然後把籌碼推向臺子中央，略顯緊張的看著睢才燾。

一場無聲的心理博奕就此開始。

傅華趕緊站起來，跟葵姐握了握手。

既然這女人沒認出他來，他也就裝作不認識，也省了彼此的尷尬，自報姓名說：「傅華。」

「馮葵，很高興認識你。」葵姐回道。

「幸會。」傅華笑笑說。

接著，葵姐轉身指著她帶來的那個男人，說：「我也給你們帶了位新朋友來，睢才燾，大家認識一下吧。」

傅華看了一眼這個葵姐的新寵兒，他拿「新寵」定義這個睢才燾，是從那晚的經歷來看，葵姐是一個玩得很開的豪放女，可能不知道已玩過多少男人了。

睢才燾長得眉清目秀，頭髮也梳得一絲不苟，眼睛有神，鼻梁直挺，嘴唇微薄，倒是跟葵姐很像。

傅華對睢才燾的整體感覺，是個很帥氣的人，但是缺乏男人的陽剛之氣，倒透著幾分陰柔感。他握手的動作也有點女人氣，不時還露出蘭花指的手勢。傅華臉上不覺露出一絲嘲諷的笑容，這個葵姐胃口還真好，這樣的貨色居然也吃得下。

彼此招呼完之後，徐琛便說：「雎少，你這姓氏很特別啊，跟那個雎家有什麼關係嗎？」

雎才燾說：「雎心雄是我父親。」

徐琛恍然悟說：「原來如此啊，雎書記最近可是很風光啊。」

雎才燾笑笑說：「其實也沒什麼，那都是民眾對他的支持。」

傅華心說：這傢伙真是像極了他的父親，因為雎心雄身上也帶有點女人的陰柔味，再是雎心雄極善於說些冠冕堂皇的話，就像雎才燾剛才說的什麼民眾對他父親的支持一樣。

其實大多數的老百姓關心的就只是自己的生活能否過得好一點，像雎心雄搞的這兩項運動，要不是相關部門在後面發動著，民眾才不會管他這些閒事呢。

傅華更知道雎心雄其實並不乾淨，在東海省的時候，他的妻子在他的轄區開酒店做生意，上下其手，很發了一筆橫財，因此他在東海省的官聲並不好。

這些大人物其實跟女明星一樣，遠遠看上去明媚動人，但是近看就會發現他們臉上擦著厚厚的一層粉，他們的璀璨動人只是一種粉飾出來的假象而已。

睢才熹又替他父親大力宣傳道：「我父親新到嘉江省，正要在嘉江省大搞經濟建設，各位手裏如果有什麼項目要做的話，可以去嘉江省，我父親一定會很歡迎的，並且會提供很優惠的投資條件。」

來了，這傢伙在幫他父親拉項目了，只是不知道胡東強是個什麼態度，天策集團會不會因此把灌裝廠放在嘉江省，傅華有些緊張起來。

現場的反應卻有點出乎傅華意料之外，並沒有出現他想像的一呼百應的局面，徐琛、胡東強、蘇啟智的臉上都是一片淡然，根本就沒有要回應睢才熹的意思。

傅華看到這種情形，心中多少有點明白了，這三人身後的家族都是政治經驗極為豐富的，自然不會看不出睢心雄玩的是什麼把戲，也不會上睢心雄這條賊船了。傅華暗自好笑，害自己白擔了半天心。

睢才熹就有點難堪了，轉頭看了看馮葵，意思是要馮葵出面幫他說話，化解這個窘境。

馮葵領會了睢才熹的意思，便看向胡東強，笑笑說：「東強啊，我聽說天策集團正在籌建華東區的灌裝廠，嘉江省也是華東區，你們何不把這個灌裝廠放在嘉江省呢？」

馮葵出面幫睢才燾拉生意，傅華就不能再坐視不理了。如果剛才胡東強對睢才燾積極回應的話，傅華不好說些什麼；但胡東強明顯不想去嘉江省，他便必須搶在胡東強之前把話擋回去，省得胡東強礙於情面，不得不答應馮葵去嘉江省投資。

「打住，打住，」傅華笑道：「葵姐，你有所不知，天策這個灌裝廠項目已經決定去我們市落戶了，你可不能半道給我搶走啊。」

「你們市，」馮葵愣了一下，問道：「哪個市啊？你又是做什麼的啊？」

傅華笑笑說：「海川市，我是海川市的駐京辦主任。」

「海川市，駐京辦主任？」

睢才燾不屑地看了傅華一眼，冷笑一聲說：「你一個小小的地級市也有資格跟嘉江省搶項目？真是滑稽。」

原本他還多少顧及馮葵的面子，現在見睢才燾一副仗勢欺人的態度，反倒讓傅華不再顧忌什麼了，因而笑笑說：「睢少，我知道嘉江省比海川市要大很多，但是萬事繞不過一個理字，天策集團這個灌裝廠是先決定放在海川的，嘉江省和你父親再大，也得講個先來後到吧？」

胡東強也對馮葵解釋說：「不好意思啊，葵姐，這次不是我不給你面子，而是這個決定是我父親做出來的，我無法改變。」

傅華和胡東強一唱一和，直接將雎才燾爭取灌裝廠的可能性給封殺了，雎才燾氣得滿臉通紅，卻作聲不得。

傅華心裏暗自好笑，看來這小子也沒什麼真本事，讀過博士又怎麼樣，還不是沒什麼招來應對眼前這個局面?!

馮葵看話都說到這個份上了，知道這個灌裝廠雎才燾是爭取不到了，就轉頭對徐琛和蘇啟智說：「琛哥，啟智，你們手裏有沒有項目要做的，可以考慮去嘉江省看看啊。」

徐琛笑笑說：「葵姐，我們都答應過傅先生，要先去海川看看的。不如這樣吧，去海川之後，如果沒有什麼好項目，我們再去嘉江省，這樣可以吧？」

傅華心說這徐琛也夠狡猾的，居然把他拿出來做擋箭牌。而徐琛把嘉江省放在海川後面，明顯的沒有把雎才燾和雎心雄放在眼中。看來雎家在徐琛和蘇啟智這些人眼裏並沒有什麼分量，據此傅華再次印證了雎心雄這次沒有上位的可能。

睢才燾更加惱火了，少爺脾氣發作，賭氣說：「那琛哥就不用費心了，其實要來嘉江省投資的商家都排隊呢，也不差你們幾家的。」

傅華想：要是在畏懼睢心雄的人面前，那些人當然會害怕，但是在徐琛這種背景深厚的人面前發作，就是自討沒趣了。

果然，傅華注意到徐琛眼中寒光一閃，似乎想要發作，但是他轉頭看了眼馮葵，眼中的寒光就沒了。這是馮葵的地盤。他可以不給睢才燾面子，但是馮葵的面子還是要給的。

徐琛便順著睢才燾的話說：「既然這樣的話，那我們就不湊這個熱鬧了。誒，葵姐，既然湊在一起，玩幾把？」

馮葵看了看睢才燾，說：「才燾，一起玩一下？」

睢才燾遲疑地說：「不好吧，這好像是在賭博啊。」

傅華看睢才燾說話的時候，手指有一個搓動的動作，這是賭客在揭牌時常有的一種習慣性動作，暗道這傢伙根本是賭場的老玩家，卻故意裝出不常玩的樣子來迷惑人。

傅華就故意說：「睢少，別不好意思啊，我看你手指搓動，一看就是技癢的樣子，經常玩吧？」

傅華點出來睢才燾是玩家，意在提醒徐琛和蘇啟智，讓他們小心別被睢才燾表面的偽裝給騙了。

徐琛和蘇啟智、胡東強眼睛立時亮了一下，對睢才燾起了防備之心。

徐琛笑笑說：「睢少，既然是經常玩，就一起玩吧，難道你對葵姐的地方還不放心嗎？」

睢才燾恨恨地瞅了傅華一眼，對傅華揭穿他的底細十分的不悅，卻不好當著馮葵的面發作，就說：「那好，我就陪幾位玩兩把吧。」

傅華看加上睢才燾和馮葵就有六個人了，梭哈通常是三到五人玩比較好，就站起來說：「睢少，你坐我的位置玩吧。」

傅華騰出自己的位置也有要陰一下睢才燾的意思，他今晚拿到的牌都很差，把位置讓給睢才燾，希望睢才燾也大輸一場。

睢才燾卻不想放傅華離開，他在傅華這裏一再受挫，還被傅華揭穿他常賭博的真面目，讓他對傅華一肚子氣，正想在賭桌上好好教訓傅華一頓。便冷笑一聲說：「傅先生這麼急著退出，不會是輸不起吧？」

傅華心說這個傢伙還真是討厭，說出來的話都這麼臭，他也賴得和他計較，就笑笑說：「睢少誤會了，我是看牌局多了一個人，把機會讓給你罷了。」

一旁的徐琛也不想傅華退出，想趁機報上次的一箭之仇，於是附和說：「傅先生，你別退出啊，我還想跟你好好玩一下呢。東強，你把位置給睢少吧。」

胡東強立即爽快地說：「行，睢少請吧。」

於是胡東強拿了張凳子坐在傅華後面，馮葵和睢才燾加入了戰局。

桌上五人除了馮葵之外，傅華和徐琛、蘇啟智都看睢才燾不順眼，三人互看了一眼，眼神中都有共同對付睢才燾的意思。

五人對局，如果三人聯手對付一個人的話，這個人的局面馬上就難看了；特別是在這個人拿到說大不大、說小不小的牌面的時候，如果三人聯手跟注，很容易就把這個人給逼退。於是傅華、蘇啟智、徐琛三人只要看睢才燾不棄牌，就也不棄牌，三人一起跟注。

睢才燾也不是那種好勇鬥狠的角色，看牌面沒太大把握，就主動棄牌。

這樣連了幾局，睢才燾也看出傅華幾人在聯手對付他，眼神中不禁露出幾分陰戾，看得出來他心中充滿了恨意，只待逮到機會，一定會好好教訓這三人。

馮葵也沒拿到什麼大牌，夾在睢才燾和傅華、徐琛三人之間，讓她沒什麼可發揮的空間，她的狀況跟睢才燾有點類似，也是輸多贏少。

傅華今天的運氣實在是不怎麼樣，他拿到的牌基本上都很差，只是為了逼退睢才燾才沒有棄牌，因此也是輸多贏少的局面。

徐琛和蘇啟智則比傅華的運氣好很多，幾局下來頗有斬獲。

徐琛的牌品還真是不怎樣，贏牌後就得意洋洋，嘴裏的俏皮話不斷，有意無意地譏諷睢才燾，讓輸牌的睢才燾更加惱火。

新的一局又開始了，這次傅華看了看荷官發給他的底牌，居然是一張黑桃Ａ，這算是今晚他拿到的最大的底牌了。緊接著第二張牌發了下來，傅華居然又拿到一張方塊Ａ，這樣他就有一對Ａ了，心裏一喜，今晚總算是有一戰之力了。

傅華再去看睢才燾的表情，睢才燾的表情似乎是在可與不可之間，看不出特別的喜悅和沮喪的樣子。

桌面上，傅華的牌面最大，於是他先下注，睢才燾也跟了，傅華判斷睢才燾的牌面可能還可以，起碼要比Ａ大，也就是他最少有一對的樣子。

馮葵說了句「我今晚手氣真差」，把牌一扔棄牌了。徐琛和蘇啟智則都跟了。

第三張牌發了下來，傅華拿到的是一張黑桃八，睢才燾臺面上則是一對Q，是臺面上最大的，他稍作猶豫下了注，似乎有些擔心傅華三人牌面會比他大的樣子。

傅華三人都猜想睢才燾的牌面很可能是一對Q，他們覺得聯手應該可以將睢才燾逼退，便也都跟了注。

第四張牌發下來，傅華又拿到一張A，睢才燾則是拿到了一張K。臺面上，傅華一對A最大，他下了注。輪到睢才燾，這次他倒絲毫沒有猶豫就跟了注。

傅華和徐琛、蘇啟智三人均是一愣，睢才燾敢跟注，手中的牌面一定是大於一對A，而且玩到了第四輪睢才燾還不退，那逼退他的可能性就不大了。徐琛和蘇啟智的牌面都不大，決定棄牌。

睢才燾有些得意地說：「傅先生，看來剩我們倆對決了。」

傅華笑笑說：「還請睢少多指教。」

荷官發下第五張牌，睢才燾拿到一張Q，傅華注意到牌發下來的時候，睢才熹臉上快速的閃過一絲喜色，心裏不由得一動，猜測睢才熹應該是拿到了四條Q，或者三條Q和一對K的所謂「葫蘆」的牌面，也算是大牌了。

傅華第五張牌則是一張A，心裏鬆了口氣，他已經拿到了四張A，算是僅次於同花順的第二大牌了，而睢才熹拿到的絕不可能是同花順，他已經立於不敗之地了，下一步就看是怎麼多贏一點睢才熹的了。

本來傅華可以裝作牌面不大，先下小注，誘使睢才熹梭哈的，但因為睢才熹是老玩家，很可能會看透他的誘敵之計，傅華決定反其道行之。

他故意稍作猶豫，然後看著睢才熹說：「臺面上我三條A，睢少三條Q，還是我贏面大一些，沒有理由不搏一把的，我梭了。」然後把所有的籌碼推向臺子中央，然後略顯緊張的看著睢才熹。一場無聲的心理博奕就此開始。

傅華之所以一開始做出猶豫的樣子，後面又緊張的看著睢才熹，是在營造一種氛圍，那就是他僅有三條A，雖然臺面上的牌是贏的，但實際上卻有輸掉的危險，只要睢才熹是葫蘆或者四條，他就輸了，所以他會猶豫、緊張。讓睢才熹覺得他之所以梭哈，是想虛張聲勢嚇走他。

另一方面，傅華覺得睢才熹一晚都在受他和徐琛、蘇啟智的聯手打壓，肯定早已憋了一肚子氣，一定很渴望大贏一把。在他拿到葫蘆或者四條的情況下，他不相信這傢伙能夠忍得住不來賭一把大的。

果然，睢才熹看傅華梭哈了之後，原本沒有表情的臉慢慢泛起了笑容，看著傅華說：「傅先生，你是不是以為你已經吃定我了啊？」

傅華看睢才熹咬鉤了，故意心虛的說：「睢少，博一把而已嘛，話說我這一晚上就拿了這一把大牌，再不博一把的話，今晚就沒戲了。」

「行，你要博不是嗎，我陪你！」睢才熹又轉頭看了看馮葵，問道：「小葵，你們這兒封不封頂啊？」

馮葵瞅了傅華一眼，然後說：「我們這兒沒上限的，只要你出得起，要玩多大的都可以。」

睢才熹這麼問是想加注的意思了，上不封頂，表示可以無限制的往上加賭注。傅華問身邊的胡東強說：「胡少，怎麼你們還有這個規矩啊？」

胡東強笑笑說：「是啊，傅哥，在這裏玩的就是刺激，上不封頂的。」

傅華有點著急的說：「葵姐，可以不要上不封頂嗎，大家在一起就是玩玩嘛，玩得太大會傷和氣的。」

傅華之所以開口反對，是不想贏睢才熹太多的錢，他的本意只是挫挫睢才燾的銳氣；尤其是在知道自己會贏的情況下，他不想為了賭局與雎才燾結下無謂的梁子。

但是雎才燾卻誤會了傅華的意思，他以為傅華是害怕了，那他怎麼能不乘勝追擊?!

雎才燾便看著馮奎說：「小葵啊，你們這裏不會因為某個人而改變規矩吧？」

馮葵笑笑說：「當然不會啦，才燾。」

雎才燾很有自信的看了看傅華，譏諷的說：「不行啊，傅先生，你聽到小葵說的了吧，你還沒那麼大的面子，這裏的規矩不能因為你而改變的。」

看兩人一個小葵一個才燾叫得那麼親熱，傅華心中酸溜溜的很不是滋味，他發覺自己潛意識中已經把馮葵當做自己的女人了。自己的女人當著他的面跟別的男人這麼親熱，真是孰可忍孰不可忍。

傅華霸氣的說：「雎少要玩不是嗎，我奉陪。」

「你要玩，也要玩得起才行啊！」雎才燾譏刺說：「我賭你桌上所有的籌碼，然後再加碼兩千萬。玩吧，玩死你！」

雎才燾狂妄地又加了兩千萬的重注，這是擺明了欺負人，他知道傅華一個小小的駐京辦主任肯定無法一下拿出兩千萬的，更輸不起兩千萬。因此故意把賭注提高到兩千萬，擺出架勢，從聲勢上壓倒傅華。

如果傅華做了縮頭烏龜，那睢才燾就在這些闊少面前大大的露了一把臉；如果傅華硬撐下去，非要賭這一局，估計這傢伙賣兒賣女也不一定夠這兩千萬的，他相信傅華絕沒有這個膽子敢孤注一擲。

睢才燾臉上泛起了燦爛的笑容，他篤定的認為傅華一定會棄牌。

徐琛幾人臉色都沉了下去，他們知道這意味著睢才燾拿到了四條Q，有贏定的把握才會這樣囂張。

馮葵也用一絲關切的眼神看向傅華，這說明馮葵早已認出了傅華，讓傅華更有想戲耍睢才燾一番的心情。

傅華裝作害怕的表情說：「嚇死人了，睢少好大的手筆啊，這是要用錢砸死我的架勢啊。有錢就了不起了嗎。」

睢才燾很自豪地說：「有錢人就是了不起，我就是要用錢砸死你，你咬我啊！」

傅華冷笑說：「睢少這副嘴臉可真是夠無賴的，行，今天就衝著這口氣，我也要跟你賭這一把。我跟，你開牌吧。」

睢才熹反而愣了一下，說：「你要跟？這可是兩千萬啊。」

傅華反問說：「兩千萬很多嗎？」

睢才熹不屑地說：「兩千萬不多，但是你卻不一定能拿得出來，你可別嘴上逞強，到時候我卻收不到錢。」

這時胡東強看不下去了，出聲道：「睢少，這你就不用擔心了，傅哥是我帶來的，我可以擔保他的信用，你就開牌吧。」

傅華便看著睢才熹說：「現在錢沒問題了，開牌吧，睢少。」

睢才熹露出陰笑的表情說：「行，我就讓你知道是怎麼死的！我的底牌是Q，四條Q，不好意思，比你的三條A大了那麼一點。傅先生，我等著收你兩千萬啦，你可別讓我失望啊。」

說著，睢才熹把底牌掀開，將那張Q扔在傅華的面前。

傅華笑了起來，說：「原來睢少這麼在意這兩千萬啊，不過你這次恐怕還真的要失望了。我的底牌是A，四條A，剛好大了你那麼一點點，看來我的兩千萬睢少是收不到了；至於睢少的兩千萬我無所謂啦，如果你手緊，就留著自己花吧。」

傅華掀開底牌，很淡定的將牌放在桌面上。他的淡定，更顯出睢才熹的淺薄。

徐琛三人立時露出佩服的笑容，徐琛更是指著傅華，甘拜下風地說：「你這個朋友我交定了，不過以後我可不跟你玩梭哈了，你這一手玩得太漂亮了，我不是你的對手。」

傅華注意到馮葵也是一副終於鬆了口氣的表情，看來她剛才也為他捏了一把冷汗。

第十一章

穩操勝券

睢才焘這時醒過味來了，
原來從發第五張牌的時候，傅華就已經穩操勝券了，
後面的動作，都是在做局引誘他往陷阱裏跳的表演而已。
睢才焘滿臉通紅，氣急敗壞的指著傅華說：
「你這傢伙居然敢陰我？」

睢才燾這時醒過味來了，原來從發第五張牌的時候，傅華就已經穩操勝券了，後面的一連串動作，都是在做局引誘他往陷阱裏跳的表演而已。

睢才燾滿臉通紅，就算他是睢心雄的兒子，一下子輸掉兩千多萬也不太好交代，氣急敗壞的指著傅華說：「你這傢伙居然敢陰我？」

傅華淡然處之說：「我給過你機會了，是你非要加注兩千萬的。不過無所謂啦，這兩千萬就當你沒加注好了。」

「別說兩千萬，兩億我也輸得起，」睢才燾叫囂道：「但是你們幾個人設局來暗算我，這筆賬我一定要跟你算。」

睢才燾這就有點輸不起的味道了，傅華搖搖頭，看著馮葵說：「葵姐，這地盤可是你的，你剛才也在一旁看著的，你來評個理吧。」

徐琛也不滿的說道：「葵姐，你帶來的這是什麼人啊，輸不起就輸不起吧，傅先生也說了，這兩千萬他無所謂，他怎麼還誣賴人啊？」

胡東強也幫腔說：「是啊，葵姐，管管你的男朋友吧，贏了就那麼囂張，輸了就耍無賴，這算什麼人啊。」

馮葵臉上有點掛不住了，對睢才燾說：「才燾，別這樣子，願賭服輸，你如果這兩千萬一時拿不出來的話，我幫你墊上好了。」

睢才熹知道他再不甘心，這個場面還是先要撐下來才行，就說：「小葵，開什麼玩笑，我輸了錢怎麼還要讓你付呢。不就是兩千萬嗎？我給他就是了。」

睢才熹就拿出一本支票本，當場開了一張兩千萬的支票，蔑視的扔在傅華面前，高傲地說：「傅先生，你看好了，這可是兩千萬的支票，拿去吧，估計這輩子你還沒見過這麼大額的支票吧。」

傅華拿起支票，仔細的端詳了一下，然後說：「兩千萬的支票看上去就是不一樣啊，今天真是大開眼界了，謝謝睢少啦。」

睢才熹看傅華這副油嘴滑舌的樣子越發的生氣，感覺沒顏面再待下去，就站了起來說：「對不起各位，我有點事要先走一步了。」說完就走出了包廂。

馮葵也趕忙站起來，說：「我去送送他，你們繼續玩吧。傅先生，不好意思啊，今天掃你的興了，改天我再陪你好好的玩幾把。」

馮葵說著，伸出手來跟傅華握了握。傅華感覺她在他的手心撓了兩下，同時眼神往上挑了挑，似乎在跟他暗示什麼。還沒等傅華想明白，馮葵就放開手，轉身送睢才熹去了。

幾個人就繼續玩牌，傅華的手風再也沒有之前那把順了，連輸幾把之後，他也就沒了興致；這時他也大概猜到馮葵是暗示讓他上去會面的意思。見胡東強和徐琛幾人正玩得興致勃勃，都不願意離開，傅華就一個人上去酒吧。

酒吧的酒保看到他，就笑笑說：「傅先生，有人讓我告訴你，說你知道該去哪裡找她。」

傅華知道馮葵這是讓他去五樓的意思，頓時心猿意馬起來，就拿出一張百元大鈔給酒保做小費，然後轉身上了五樓。

到五樓上次他們相會的房間，傅華敲了敲門，門馬上就打開了。傅華剛想說點什麼，嘴巴就被馮葵的紅唇給堵住，緊接著，馮葵的雙手開始撕扯著傅華身上的衣物。

傅華熱烈回應著馮葵的動作，也撕扯著馮葵身上的衣物，兩人拉扯著來到床邊，馮葵大力一推，把傅華推倒在床上，向他撲了過來。

傅華卻迅速地閃到一旁，讓她撲了個空，然後一翻身把馮葵壓在身下，得意地說：「想掌握主動權，沒門。」

馮葵笑了，撒嬌說：「不嘛，今天你在賭臺上真是帥呆了，當時我就想，如果能把你壓在我身下，那個滋味別提會多棒了，你今天就讓我一次好嗎，傅先生。」

馮葵說著，就想從傅華的身下掙脫出來，傅華卻根本就不給她這個機會，牢牢的壓住了馮葵，霸道地說：「你還想做你的大姐大啊？不行，我可是付錢的那一位，所以你必須要聽我的。」

接著開始親吻馮葵的敏感地帶，馮葵很快就癱軟在傅華的攻勢下，頻頻告饒，兩人隨即就融為一體。

一場曼妙無比的廝殺中，兩人爭鋒相對，互不相讓，不斷的爭奪著主控權，也在這場爭戰中水乳交融……直到傅華繳械投降，兩人都喘息了好一會兒才平靜下來。

相互依偎著躺在床上，傅華不禁瞅了馮葵一眼，說：「葵姐，你說我們這算是怎麼回事啊？」

馮葵說：「私下別叫我葵姐，叫我小葵好了。」

傅華取笑說：「小葵不是你的新寵專用的嗎？我真的很佩服你，那種貨色你也吃得下啊。」

馮葵愣了一下，說：「什麼新寵啊？哦，你說睢才熹啊。你這傢伙是不是吃醋啦？」

傅華憤憤地說：「是有點，本來今天我沒想要去針對他的，但是看他跟你卿卿我我的，心裏就很不爽，這傢伙真是不知死活，我的女人他也敢碰，不教訓他一下怎麼行啊！」

「你的女人，」馮葵甜笑說：「你真的把我當成你的女人？」

傅華理直氣壯地說：「當然啦，我可是付過錢的。」

馮葵大笑了起來，說：「誒，你搞清楚，你付的是上一次的錢，這次的錢你還沒付呢。說，這次你準備付我多少錢呢？」

傅華故作囂張地說：「這還用說嗎，大爺我今天發財了，一個傻瓜送了我兩千多萬呢，這樣吧，你先拿兩千萬去花花好了。」

馮葵也玩了起來，甜膩地回說：「真的嗎？大爺，你好大方啊，我真是太喜歡你了。」

傅華豪氣地說：「不就是兩千萬嗎？小意思，拿去花就是了。」

馮葵笑說：「那我可真留下囉。」

傅華說：「你要留就留下吧。說實話，這筆錢有點燙手，叫我拿回去，我還真的不太敢拿呢。」

馮葵的臉色也嚴肅了起來，說：「是啊，這筆錢你還真是不太好拿。雎才熹給你支票其實沒安好心，你一個官員帳戶上突然多了這麼多錢，很容易會引起注意的。」

傅華忍不住問說：「你還沒說你跟這個傻瓜究竟是怎麼一回事呢，有人說你們是男女朋友，真的嗎？」

馮葵反問說：「你希望我們是，還是希望不是呢？」

傅華認真地說：「我希望不是，這傢伙靠不住。還有，你今天沒看胡東強、徐琛他們對雎才熹的態度嗎？這說明雎心雄根本不被他們看好，所以如果你們家想打跟雎家聯姻的主意，我勸你還是趁早放棄吧。」

馮葵笑說：「也沒你想的那種聯姻的事啦，我們兩家長輩關係挺好的，我和他又都沒另一半，就有好事的人想把我們撮合在一起。你知道，像我們這樣的人家要找到合適的另一半其實也是不容易的，既然有這個機會，就試試看啦。」

傅華酸溜溜地說：「是啊，你們是挺門當戶對的，我看你還挺上心的嘛，還幫他爭取項目投資。」

馮葵說：「是他提出來要我幫他的，聲明一點啊，我並不知道搶的是你的生意。」

傅華聳聳肩說：「無所謂了，反正那傢伙也沒搶走。那你跟他是怎麼打算的？不會真要跟他混下去吧？」

馮葵大嘆說：「現在就是想混下去也不行了，你不知道剛才我送他走的時候他跟我說什麼，他說我跟你們是一夥的，都是要騙他的錢的，被我氣得甩了他一耳光，讓他滾蛋了。誒，我不管啊，你害我沒男朋友了，你要賠我。」

傅華開玩笑說：「要不我把自己賠給你，你要嗎？」

馮葵點頭說：「我倒還真想要，不過，你要是跟了我的話，鄭家會不會打上門來啊？」

傅華看了馮葵一眼，說：「你這麼快就查到我的底細了？」

馮葵笑笑說：「北京就這麼大，你又是個話題人物，隨便在網上輸入你的名字，就能看到一堆和你相關的消息，就是想不知道你的底細也很難啊。話說你這傢伙也很風流嘛，什麼裸照的，還有為女人爭風吃醋的事都有，在官員當中，你也算挺另類的，我真奇怪，你怎麼還能待在駐京辦主任的位置上啊？」

傅華回嘴說：「你還好意思說我另類，一個馮家的千金大小姐，隨便跟酒吧裏的陌生人上床，男人付錢給你，你還不客氣的收下，你不覺得你才另類嗎？」

馮葵笑說：「算是吧。不過有一點你說錯了，我不覺得你陌生，跟你在一起的那一刻，我感覺我們很熟悉；可能你不相信，那時雖然我們是第一次見面，我卻覺得好像認識你很久了。」

「我也是這種感覺啊，」傅華驚訝的說：「說實話，我從來沒有做過這種跟第一次見面的女人就上床的事，但在那一刻，我有一種奇怪的感覺，就好像一顆孤單了很久的心遇到了另外一顆同樣孤單的心一樣。」

馮葵有點呆住了，說：「我跟你的感覺完全一樣，傅華，你說我們上輩子是不是情人啊？」

傅華說：「也許是吧。」

兩人一下子陷入了沉默。即使他們上輩子是情人，但是這輩子，傅華已經有家庭了，他們的交往是不被社會道德允許的；可是要下定決心斷了來往，又有些捨不得，這個結不知該如何解開。想想既然無解，他們也不是非要有一個結果出來，就隨遇而安好了。

過了好一會兒，馮葵說：「雎才燾的兩千萬你不要管了，我來處理吧，處理好，我會讓胡東強把錢給你。」

傅華擔心地說：「不會給你造成什麼麻煩吧？雎才燾看上去挺陰的一個人，現在跟你鬧翻了，說不定會拿這件事大做你的文章。」

馮葵冷笑一聲，說：「他敢！當我們馮家是好惹的啊？放心好了，我能處理好這件事的。」

傅華說：「既然你有辦法處理，錢就留給你用好了，實話說，這錢我也用不到的。」

馮葵笑說：「我是不想給你的，省得你拿去花在別的女人身上。不過，有一個問題不好解決，你讓我怎麼跟胡東強解釋我為什麼要留下這筆錢啊？」

傅華想想也是，馮葵如果留下這筆錢，還真是不好解釋，總不能說兩人是情人吧？傅華說：「那算了，就放在胡東強那裏好了。」

馮葵打趣說：「你倒是挺大方的，為什麼不自己拿著呢？話說跟高芸那種名媛交往可是很需要花錢的。」

馮葵這是在試探他和高芸的關係了，傅華說：「別瞎聯想，我跟高芸可沒那種關係。」

馮葵質疑說：「可是網路上說你是從胡東強手裏把高芸給拐走的。」

傅華說：「那不過是高芸借我擺脫胡東強而已。好了，不扯這些了，說說我們吧，我們以後還要往來嗎？」

馮葵看了看傅華，說：「你呢，你是怎麼想的？」

傅華搖搖頭，沒有頭緒地說：「我也說不清楚我是怎麼想的，原本我是想把上次的美好永遠留在記憶中的，但現在我們又有了第二次關係，彼此身上都有了對方的印記，想要斷然結束也很難。不過，我不想再來會所了，跟睢才燾玩過這把之後，估計我在這幫闊少圈裏一定會名聲大噪，這對一個官員來說不是件好事。」

確實是，作為官員，如果被人知道參與賭博，賭的還是兩千萬一把的賭局，勢必會引起一些非議。

馮葵說：「你不想來會所這好辦，我還有另外的住處，回頭我領你去一趟，以後我們就在那邊相會好了。至於會所這邊，說實話，你跟睢才燾玩的這一把恐怕也讓會所跟著沾光了，我當初辦這個會所，純粹是為了跟朋友們有一個私密的玩耍的地方，並不想惹一些不必要的麻煩。雖然我倒是不怕睢家，但是也不得不防，這個會所我看轉手算了。」

傅華點點頭說：「我也覺得這樣比較好，三樓根本就是一個賭場，警方真要查的話，你很難解釋的。再說，你一個女人家玩這個也有點邪乎。」

馮葵反駁說：「女人怎麼了，誰規定女人就不能玩這個了。」

傅華笑笑說：「能玩，你是大姐大，當然是什麼都能玩啦。」

馮葵這才滿意地說：「算你知趣。誒，我問你，為什麼每次我要在上面你都不讓啊，是不是你跟老婆在一起的時候總是被老婆壓在下面，所以一到外面就想要翻身做主人？」

傅華忍不住說：「大小姐，你也淑女點好不好，這樣私密的問題你也問得出來！」

馮葵賴皮地說：「我不是淑女啊，淑女又怎麼會跟你偷情呢？快回答我。」

傅華笑說：「也沒你想的那樣啦，不過她的個性很強倒是真的。」

馮葵聽了說：「原來是女強人啊，你這傢伙招惹的怎麼都是女強人？那個高芸我見過，也是強悍型的。」

傅華再次重申：「跟你說我跟高芸沒什麼了。」

馮葵不以為然地說：「你沒什麼，不代表高芸對你也沒什麼；話說女人是不會隨便去跟一個男人開房的，最起碼她心中對你是有好感的吧？」

傅華有點心虛的躲閃開馮葵的眼神，說：「你去想那些幹嘛啊，反正我跟她是清白的。」

「你心虛啦?!好了，不說她了，說說你老婆吧，你說我這個小三去拜訪一下你們家老大怎麼樣啊？」馮葵大膽地問。

傅華有點哭笑不得的看著馮葵，伸手去揉搓著馮葵的頭髮說：「你這個小腦袋裏究竟在想什麼啊？」

馮葵有趣地說：「你害怕啦？放心，我只是覺得好玩，不會洩露你跟我的關係的。我去見她的理由也是現成的，讓她幫我設計一套衣服就行啦。」

馮葵說起了鄭莉，讓傅華覺得該回家了，便笑笑說：「想幹什麼隨便你了，誒，我也該回去了。」

馮葵不捨地說：「是啊，好男人總是要回家的，就算是在外面玩了別的女人也是一樣。」

傅華知道她心有怨言，就抱了抱她說：「別這樣子小葵，別把我們的關係搞得複雜了，那會很累的。」

馮葵貼緊了傅華說：「不會了，我就是不捨得讓你離開罷了。行了，我放你走，不過有一個條件，下次我可要在上面啊。」

傅華聽了，笑說：「行啊，既然你這麼在意，那我就特准你一次好了。」

馮葵高興地說：「你答應了？那好，等回頭我聯繫你，帶你到我的住處去，到時候我可要好好欺負你。」

傅華就離開了馮葵的房間，回到三樓的包廂裏，胡東強他們仍在興頭上，還沒有要結束的意思，傅華就去胡東強身後小聲對胡東強說：「胡少，沒什麼事的話，我要先走一步了。」

胡東強說：「傅哥，沒什麼事了，就是灌裝廠的籌建工作已經開始了，你看我們什麼時間去海川選址？還有，琛哥他們也想跟我去海川玩玩，你安排一下吧。」

傅華說：「這簡單，回頭我跟市裏定好時間，陪你們去好好玩一趟就是了。」

胡東強點點頭說：「行，那你先走吧，我再玩幾把。」

傅華就跟徐琛、蘇啟智打了聲招呼，離開會所回了家。

回到家，鄭莉正靠在床頭看書，傅華有些意外。自從上次吵架後，兩人各忙各的事，經常見不上面，所以吵架的事雖然並沒有得到解決，卻被淡化了。

鄭莉看到傅華，笑笑說：「老公，你回來了。」

傅華點點頭說：「今天怎麼這麼早啊？」

鄭莉說：「今天晚上沒有約會，就想早點回來陪陪你們父子啦，沒想到你卻出去應酬了。」

傅華哦了一聲，說：「你先睡吧，我去洗澡。」

鄭莉衝著傅華嫣然一笑，說：「我還不睏，你快點洗，我等你啊。」

看來鄭莉今晚是想要修復兩人的關係，刻意暗示傅華要做夫妻的功課，但是他剛剛才跟馮葵鏖戰完，再要應付鄭莉就有些吃力了；可是不做這個功課，又很容易讓鄭莉起疑，這可麻煩了。

傅華洗了澡，回來床上，鄭莉放下了手中的書，立即親吻起傅華，在傅華的耳邊輕聲說：「老公，對不起啊，這段時間我太忙，冷落你了，今天我一定好好服侍你。」

傅華心裏暗自叫苦，不得不打起精神應付鄭莉，卻是後繼無力，草草的敷衍一會兒就結束了。

傅華不但沒有從中得到快樂，身體反而更加疲憊，完事後，倒頭就睡了過去。鄭莉原本抱著滿腔熱情，想要好好補償老公的，沒想到傅華的反應卻是這樣，也讓她有些掃興。

第二天傅華起床時，鄭莉已經做好早餐。她感到傅華對她有點疏遠，便有心想跟傅華好好地談一談。

「老公啊，我們最近好像很少在一起聊聊了？」

「你太忙了嘛，哪有時間聊天啊。」傅華無奈地回道。

鄭莉看了一眼傅華，說：「你生我的氣了？」

有了馮葵的調劑，傅華心中對鄭莉的怨念就少了很多，淡淡地說：「我能理解的，你說要衝刺一下事業嘛。」

看傅華反應這麼平淡，鄭莉越發感覺不對，之前他明明對自己很不滿的，現在怎麼變了？是什麼讓他情緒平靜下來了呢？

她盯著傅華說：「老公，我怎麼覺得你對我好像有點不太熱情了啊？」

傅華心裏一驚，心說不會是哪個地方露出了馬腳，讓鄭莉察覺他有外遇了吧？他趕忙掩飾說：「有嗎？我怎麼沒感覺到啊。如果你是因為昨晚的事，那是因為我太累了，沒有別的原因，你想太多了。」

這個解釋倒也合情合理，鄭莉剛想說些什麼，她的手機卻在此刻響了起來，她看了看號碼，有點煩躁地說：「這些人真是沒完沒了的。」

看來又是業務上的電話，傅華暗自鬆了口氣，這個電話來得正是時候，讓鄭莉沒有工夫再來審問他了。他便笑笑說：「趕緊接吧，別耽誤了工作。」

鄭莉接了電話，講完便匆匆離開了家。

看鄭莉這個樣子，傅華苦笑了一下，他不知道這個樣子下去，他們的婚姻會走向何方，但是可以肯定的是，絕對不會越來越好，不禁長嘆了口氣。

到駐京辦之後，傅華先打電話給孫守義，把胡東強說要去海川選址的事跟孫守義彙報，讓市裏做好接待的準備工作。

孫守義聽完說：「好啊，正好海川新區也要開始籌建了，正期待有大項目去落戶，天策的廠區正好可以放到新區裏去。」

海川新區這件事已經鬧騰了好一陣子，傅華也多少聽說了一些。對新區的規劃，傅華是持支持態度的，也對提出這個設想的胡俊森很讚賞，因而說：「那真是太好了，海川又有發展的空間了。市裏已經形成決議了嗎？」

孫守義說：「是啊，雖然經過了不少波折，總算形成決議了。」

金達趁主持召開常委擴大會議時，在會上便點名批評了胡俊森不經市委同意，擅自向省長越級報告的事，要求胡俊森要向市委做出檢討，深刻反省，確保不再有類似的行為發生。

批評完胡俊森，金達話鋒一轉，說：「市委、市政府對新區規劃一直是很重視的，也做了不少的準備工作；現在新區規劃又得到呂書記和鄧省長的支持，時機已經成熟，市委認為可以啟動新區的籌建工作了。」

金達這麼說，好像他一直是支持成立新區的，只是因為時機不成熟，才會停擺一樣。

隨著金達的宣布，就在這次的常委擴大會議上形成了決議，正式啟動了新區的籌建工作。由金達兼任籌建新區的黨工委書記，孫守義兼任管委會主任，副市長胡俊森則是兼任管委會的副主任，主抓新區的籌建工作。

於是經過各方一番博奕之後，新區籌建工作總算開始了。

胡俊森雖然被金達狠批了一通，卻也在籌建工作中扮演了重要的角色，算是有失有得。

孫守義接著說道：「傅華啊，新區建設將是海川工作的重中之重，你們駐京辦要加強招商引資這方面的工作，充分發揮你們在北京的能力，多為新區搞幾個項目來。」

傅華說：「我會努力的，市長。正好北京有幾位朋友有意去海川看看，合適的話，他們也會在海川投資的。」

孫守義滿意地說：「那太好了，你可以多跟他們宣傳一下我們的新區，盡讓爭取他們能夠在新區投資。」

兩人又敲定了一些接待上的細節，然後孫守義就問起了何飛軍在北京的情況。

傅華回說：「何副市長最近倒沒有什麼不檢點的行為，只是上次顧明麗來北京的那個週六，他們夫妻用了駐京辦的車，好像約了什麼人見面。」

約了人見面？孫守義腦海裏迅速的思考了一下，這對夫妻去見什麼人啊，這個人一定很重要，難道何飛軍想要勾兌關係往上爬嗎？

孫守義心說事情哪有這麼簡單，這對夫妻不知又會鬧出什麼笑話來了，就說：「行了，我知道了。就先這樣吧，我掛了。」

孫守義掛了電話，傅華就打給胡東強，說海川已經做好準備，他隨時可以去看。

胡東強聽了說：「行啊，定好日子我們就去吧。誒，傅哥，你說要不要也叫上葵姐啊？」

傅華遲疑了一下，他因為跟馮葵有了那種關係，很多想法就不同了，他不想把這種關係帶進工作中，因為很多事情一旦牽涉到男女感情就會變得複雜起來。於是不置可否地說：「這就隨便了，你問問她，看她有沒有這個意願吧。」

胡東強說：「行，那我問問他吧。」

過了十幾分鐘後，馮葵打電話來，說：「誒，傅華，你讓東強問我的意願，是想讓我跟他們一起去海川看看嗎？」

傅華笑笑說：「也不是了，是他提出來要問你的，我也不好反對，就讓他去問你了。」

馮葵說：「那你是想讓我去，還是不去呢？」

傅華坦白說：「我的意思是，你就別湊這個熱鬧了。」

馮葵意外地說：「怎麼，難道我去支持你的工作你也不要？我聽東強說，海川要建立一個新區，好像很有點搞頭。」

傅華公私分明地說：「我不想你是因為我才做出這個決定的，尤其不想你參與到我的工作當中來。」

馮葵笑說：「我是不會因為你就盲目的做決定的。不過，你既然不想我參與，那就算啦。」

「小葵啊，」傅華又說道：「還有一件事，你千萬別去見我老婆，她好像察覺了什麼。」

馮葵愣了一下，說：「真的嗎？」

「真的，她今天早上跟我抱怨，說我對她不熱情了，你知道女人的第六感可是很靈敏的。」

「這樣啊，如果她真的察覺到我們的關係，你會怎麼做啊？」馮葵突然問道。

第十二章 歷史重演

胡俊森的話，不禁讓傅華回想起
當初金達想要爭取在海川成立保稅區的事，
歷史彷彿再度重演。
不過，這次傅華不會傻的直接去反駁胡俊森了。
傅華說：「胡副市長，您這想法可是市裏面決定的嗎？」

傅華愣了一下，馮葵這個問題引起了他的警惕，馮葵是那種愛恨分明、想做就做的個性，如果她為了想跟他在一起，去跟鄭莉挑明他們的關係，那事情可就麻煩了。雖然跟馮葵在一起的感覺很好，但是傅華並沒有要離開鄭莉跟馮葵在一起的想法，畢竟他跟鄭莉仍有很深的感情。

傅華正色說：「小葵，也許是該談談我們之間的界限問題了，你知道，我是不想把事情搞複雜的。」

馮葵笑了起來，說：「好了，傅華，你不用這麼嚴肅，我只不過是跟你開個玩笑罷了，並不想要去破壞你的家庭。行了，我還有事，掛啦。」

放下電話，傅華不禁沉思起他跟馮葵的這段關係。兩人在激情的時候，很多東西可以不管不顧，但是冷靜下來後，許多現實的問題就不得不去考慮了。雖然馮葵是開玩笑的口吻，但是傅華感覺得出來她是在試探他，難道她也想走進婚姻嗎？

就算是女強人也會有想走入婚姻和家庭的時候，如果馮葵真的想跟他再進一步，那他還是早點跟馮葵做個了斷比較好，這樣也不會給彼此造成太大的痛苦。

這時，胡東強回電說：「傅哥，葵姐說她現在沒有要去東海發展的念頭，所以這次就不去了。」

馮葵果然按照他的意願做了，傅華不免覺得有些虧欠這個女人，她在商界叱吒風雲，身家億萬，卻為了他，甘願擺出小女人的姿態，她這麼委屈自己，也是因為對他的情意。他不禁想，自己應該對馮葵好一點，即使他無法全心全意的去回報她的情意。

正在他胡思亂想的時候，曲煒敲門走了進來，傅華詫異地說：「市長，您什麼時候到北京的？」

曲煒說：「今天剛到，明天有一個會議要參加，今天沒什麼事，就過來看看你了。」

「怎麼樣，最近工作還順利吧？」兩人到沙發上坐下來，曲煒便關心地問。

「我的工作就那樣了，每天迎來送往，都是那一套，也沒什麼好和壞的。」傅華懶懶地說。

曲煒有些感慨地說：「傅華，有時候我想起安排你來做這個駐京辦主任的決定，總覺得是一種錯誤。按照你的才能，不應該做這些瑣事的，你應該在仕途上有所作為才對。如果當初我把你放下去做一個基層的官員，你現在的成就絕不會比金達差的。」

傅華卻說：「市長，我可不覺得你的安排是一種錯誤，你看，我來北京之後，事業家庭都有了，也在北京有了自己的朋友圈子，這已經讓我很滿足了。」

曲煒搖搖頭，莫可奈何地說：「你這個人就這一點不好，沒有進取心，太安於現狀。」

傅華笑說：「我跟您不一樣，我沒那麼大的志向。我覺得駐京辦這一塊對我來說就很足夠了。」

曲煒說：「你這樣子沒鬥志可不行啊。最近金達沒找你麻煩吧？」

傅華無所謂地說：「他對駐京辦有些批評，不過他動不了我的。」

曲煒嘆說：「他動不了你是因為上面有人護著你，而不是你自己的本事。唉，這個金達，格局總是大不起來，不知道呂書記如果不在東海了，他會怎麼樣呢。」

「呂書記真的要離開東海了？」傅華不禁好奇地問道。

曲煒點點頭說：「高層有這個意思，他們覺得呂書記魄力不足，一直無法掌控東海省全局，所以想換人試試。」

傅華探問說：「那您知道下一步會是誰接任東海省省委書記啊？」

曲煒說：「目前來看是鄧子峰的機會最大，傅華，你跟鄧子峰的關係不錯，倒是可以借助他的力量掌控東海省駐京辦。你不是愛做駐京辦的事嗎，去省裏吧，那裏的格局比海川大多了。」

傅華搖頭說：「省裏的人事太複雜了，哪有在海川這麼舒心啊。」

曲煒忍不住批評說：「你又來這一套了。其實官場上走到哪裡都有鬥爭，難道你在海川駐京辦就沒有鬥爭了嗎？我看不見得吧？」

傅華說：「鬥爭當然是有的，不過這裏的層次還是低一些，我能應付的過來，去了省裏可就不一定了。」

曲煒笑說：「你這傢伙啊，總是想過清靜日子，不過，你知道嗎，鄧子峰一直有一個想法，那就是撤銷地市級以下的駐京辦，將東海省所有的駐京業務併入省駐京辦當中去。等他做了省委書記，成了東海省的老大，很難說不會實行這個政策的。」

傅華聳聳肩說：「等他真正實施這個政策再說吧。誒，市長，您估計呂書記什麼時間會離開東海省啊？」

曲煒說：「應該很快了，現在鄧子峰已經露出咄咄逼人的態勢，公開的跟呂書記唱對臺戲了。」

「不會吧，我覺得鄧省長不會這麼淺薄的。」傅華詫異地說。

傅華感覺鄧子峰是很有政治智慧的一個人，應該不會在接任省委書記之前就鋒芒畢露才對。

曲煒說：「怎麼不會，你知道你們海川的新區籌建提案吧？」

傅華說：「知道啊，剛才孫市長跟我通電話，還說新區籌建工作已經啟動，還要我多注意招商引資的事呢。」

曲煒笑了笑說：「你可能不知道，這個項目原本呂書記是不想讓它上馬的，但是你們那個胡俊森副市長找到了鄧子峰，鄧子峰立即表態支持這個規劃，金達迫於鄧子峰的壓力，這才啟動了新區的籌建工作。」

傅華聽了，恍然大悟說：「原來是這麼一回事啊，我說金達怎麼突然改變態度了呢。」

曲煒說：「他那是不得已而為之的。你看到了吧，人家心裏很急呢，連等呂紀離開都等不及了。」

既然呂紀很快就會離開東海省，鄧子峰實在是沒必要搶在這個時間點上就公開的跟呂紀唱反調；傅華覺得他這麼做很不智，似乎有點小不忍而亂大謀了。便說：「鄧省長這麼做就沒有必要了吧，他大可以再等一下的。」

曲煒搖搖頭說：「你不懂，傅華，這裏面鄧子峰自然是有他的政治盤算。他高調的跟呂書記唱對臺戲，就是在向政壇上的人宣示，表示東海省的權力將要被他掌握，警告那些還在靠近呂書記的人，擾亂呂書記在離開東海省前做的一些佈局。」

傅華聽了，有點擔心的看了看曲煒，「市長，你會不會因此受影響啊？」

曲煒是呂紀鐵桿的嫡系，呂紀離開東海省，肯定無法將曲煒一起帶走，他走後，曲煒的日子將會很難過了。

曲煒嘆了口氣，說：「當然會啦，我是呂紀的陣前先鋒，他走後我會是第一個受衝擊的人。」

傅華探問說：「那您有沒有想過要去投靠他啊？」

傅華自認為在鄧子峰面前還說得上話，如果曲煒願意投向鄧子峰，他可以居中牽線。

曲煒搖搖頭說：「傅華，我老了，已經彎不下膝蓋了。再說，自古以來，降將都是不受待見的，就算鄧子峰接納了我，也不會信任我的，我去討那個沒趣幹嘛啊？」

傅華替曲煒抱不平地說：「可是您的年紀正是能做點事情的時候，現在就讓您賦閒，太可惜了。」

曲煒倒是很看得開，說：「其實也沒什麼可惜的了，我的政治生命已經比我預想的延長了不少了，我很知足；再說，我也到了一個上不去的層次，留在位置上也沒什麼大作為了。」

曲煒因為在海川鬧出緋聞而遭到重大的打擊，如果不是他及時的調整心態，把省政府的副秘書長做得很出色，他的仕途在那時候就可能到頂了。現在經過努力，曲煒能做到省委常委、省委秘書長的位置上也算確實不錯了。

此時如果呂紀離開，鄧子峰肯定不會用曲煒這個前任省委書記的人馬，因此曲煒下一步最大的可能是轉任一些位置不太重要的閒職，比如說政協、人大的一些副職。

傅華看著老長官說：「市長，就沒有別的辦法了嗎？比方說在這邊找找一些老領導什麼的。」

曲煒笑說：「沒用的，我認識的那些老領導都已經沒什麼影響力了。要想改變這個結果，除非事情本身發生變故。」

說到這裏，曲煒怔了一下，似乎想到了什麼，隨即掩飾的說：「發生變故的可能性不大啦。」

傅華卻注意到了曲煒神態的變化，他瞭解曲煒的能力，曲煒不是那種逆來順受的人，如果有一搏的機會，曲煒是不會放棄的。傅華感覺曲煒一定是想到了什麼辦法，這個辦法很可能會讓東海省的政局發生一些逆轉，導致鄧子峰不願看到的結果。

雖然在呂紀和鄧子峰兩者之間，鄧子峰更賞識他，鄧子峰上位，對傅華今後的發展來說比較有利。但是鄧子峰上位，曲煒就會受到傷害，感情上，傅華更貼近曲煒，他不願意看到曲煒受傷害。因此他決定對這件事置之不理，不去提醒鄧子峰注意防範。再說，這種高層間的博奕，他一個小小的駐京辦主任根本就夠不著邊，他就是想參與，恐怕也沒有機會，因此置之不理是他目前唯一能做的事了。

中午，傅華留曲煒在駐京辦吃飯，在吃飯時，傅華發現曲煒的心情變好了很多，不再像是一個即將失去位置的省委秘書長那麼落寞，又恢復了當年他做海川市市長時的那種一切都在掌握中的自信。

這是一個胸有成竹的人才會表現出來的狀態，看來這會兒工夫，曲煒心中已經有了應對鄧子峰的通盤考慮了。

雖然傅華不知道曲煒的計畫是什麼，但是就他對曲煒的瞭解來說，這位老長官不出手則已，只要出手就會直擊鄧子峰最致命的地方。

鄧子峰肯定不會就這麼老實的被呂紀和曲煒打擊而不還擊，不用說東海省政壇將會迎來一場腥風血雨了。

這也是一個必然的過程，此刻東海省正面臨著一場大洗牌，而官場上的每次洗牌必然會有許多人的命運被改變。

現在已經不僅僅是呂紀曲煒和鄧子峰的爭鬥了，而是呂紀一系和鄧子峰一系的人馬之間的爭鬥。為了保住自己一系的人馬不被消滅，他們必然會竭盡全力，無所不用其極。而目前來看，呂紀這一系的人已經被逼到了牆角，除了全力一搏之外，也沒有別的出路了。

傅華覺得這正是鄧子峰失策的地方，鄧子峰對接任省委書記太過樂觀，他忘了一點，除非是到了塵埃落定的那一刻，否則總是存在變數的。

正是因為鄧子峰的過於樂觀，才把他的這些對手逼上了一個不得不頑抗的地步，呂紀這個省委書記雖然氣魄不足，卻也不是一點手段都沒有的，怕是這次鄧子峰就算能夠勝出，也會慘勝吧。

吃完午飯，曲煒就去回去休息了。傅華則是開始安排胡東強這些人去海川的事宜。至於曲煒會做什麼動作反擊鄧子峰，他就沒再去想了，那是高層間的遊戲，與他的關係不大。

傅華為了避免胡東強尷尬，並沒有邀請高芸一起去海川。

雖然馮葵沒有加入這次的投資考察，但是考察團還是有十六個人之多。裏面有徐琛、蘇啟智、周彥峰、田漢傑之外，還有胡東強的另外三名朋友，加上他們各自的助理和陪同人員，一行人也算是浩浩蕩蕩了。

由副市長胡俊森在海川機場迎接這一行人，將他們安排在海川大酒店住下。原本傅華還有些擔心徐琛這些公子哥兒會在胡俊森面前擺架子，但見面後，這些公子哥們對胡俊森還算客氣，讓一路上小心應對的傅華鬆了口氣。

住下之後，胡俊森讓一行人好好休息，晚上市長孫守義將會出面宴請他們。傅華注意到胡俊森說僅有孫守義出席，金達並沒有要來參加的意思，心裏明白金達並不待見這幫考察團。傅華覺得大部分的原因出在他身上，金達可能是為了回避他。

傅華不免暗自好笑，不見這個考察團，損失的可是金達，這幫公子哥的父輩是地方官員想巴結都巴結不到的，金達等於失去了一次跟高官們攀上關係的機會。

安頓好一行人後，胡俊森就讓傅華陪他去市政府。在胡俊森的辦公室裏，胡俊森友好地對傅華說：「傅主任，我可是久仰你的大名了。」

傅華是第一次跟胡俊森面對面的接觸，他對這個胡俊森也很感興趣，知道胡俊森在省裏工作時，通過重組的方式拯救了一家國資公司，還為省裏賺回大筆資金。到了海川，又提出開闢新區的想法，甚至逼迫金達不得不啟動籌建這個新區。

傅華可以看出胡俊森是個實幹型的人，他一向欣賞這種實幹家，因此雖然是初次見面，他對胡俊森卻早有好感。唯一讓他有點看不慣的是胡俊森的態度，在他看來，胡俊森的傲氣比那些公子哥絲毫不差。

不過傲氣也是真正有才能的人的一種表現吧，傅華對此倒是能理解。他笑笑說：「胡副市長客氣了，其實我對您也是仰慕很久的，在北京就聽到別人說我們海川市來了一位很能做事的博士市長啊。」

胡俊森聽了，十分高興的說：「看來我們倆是相互欣賞了。也是，我感覺我們算是同類，都是那種務實不務虛的人。」

這句話未免太過直率，好像是說海川市除了他們兩個人之外，別人都是在務虛了。這不像一個副市長應該說的話，幸好現在屋子裏就他們兩個人，不然讓金達聽到，心裏一定會很彆扭。

傅華覺得胡俊森很像當年剛到海川做副市長的金達，金達當初也是這樣坦率，有個性，有稜角，認為對的就敢堅持，錯的也敢反對，絲毫不顧及對方的身分地位。那時金達就是因為這樣才會跟當時的市長徐正鬧得不可開交的。

滑稽的是，現在的金達做事方式和風格卻變成了跟徐正一個路數了，他也跟當年的徐正一樣在打擊著胡俊森。想到這裏，傅華不禁感嘆，官場對一個人的改變還真是大。

胡俊森接著說道：「傅主任，我很想知道你對我們開闢海川新區是怎麼一個看法。」

傅華說：「胡副市長，我對新區的情況並不太熟悉，不好談什麼看法。」

胡俊森笑笑說：「不一定需要熟悉了才能談吧？這就好像吃蘋果一樣，咬第一口就知道這個蘋果好不好吃了。傅主任，你放鬆點，我不是要做什麼決定，只是想瞭解一下你對這件事的看法而已，隨便談談，我不會上綱上線的。」

「胡副市長既然這麼說，那我就隨便談談好了。我認為這個規劃很有前瞻性，將海川經濟發展的這盤棋給盤活了。」傅華評論道。

胡俊森彷彿遇到知音般，興奮地說：「這真是英雄所見略同啊。」

傅華笑說：「英雄的是您，這可都是您想出來的。」

胡俊森搖了搖頭說：「傅主任，你不要亂拍馬屁，我可是不喜歡這一套的，我這人喜歡實在一些，是怎麼回事就是怎麼回事。」

傅華心想，那是你還沒經過官場的磨練，進了這個大染缸你還想只靠苦幹實幹出頭，根本是不可能的，很快就會處處碰壁的。

傅華立即說：「不好意思啊，我以後會注意的。現在官場上像胡副市長這樣子負責務實的官員，真是太少見了。」

傅華這麼說實際上還是在吹捧，胡俊森沒有上當，笑說：「傅主任，我真是服了你，你不拍馬屁是不是就不會說話了啊？」

傅華不好意思地說：「習慣了，領導們總是喜歡聽好話嘛。」

胡俊森表情認真地說：「我想聽的不是好話，而是實話。傅主任，你覺得我們的新區下一步往什麼方向發展比較好呢？」

傅華一時不知該如何回答，說：「胡副市長，您這個問題可是有點大啊，市裏不是對新區已經有了規劃嗎？」

胡俊森說：「我不是問新區本體的規劃，而是問你新區的發展方向，你覺得新區有沒有可能被批准成為國家級的新區呢？」

原來胡俊森是想讓他在北京運作，讓相關部門批准海川新區成為國家級的新區，這傢伙目標還挺大的，省裏都還沒有正式批覆海川新區的成立，他卻已經把目光放到國家層面上了。

傅華認為海川新區要成為國家級新區的可能性不大，那些能被認可為國家級的新區，都是一些戰略性定位很清楚，輻射影響力大的地方，例如上海浦東新區、天津濱海新區，傅華並不認為海川有這個影響力。

傅華說：「胡副市長，其實您應該很清楚國家級新區的標準和要求，心中應該已經有答案了吧？」

胡俊森正色說：「我的答案是我的答案，現在我想聽的是你的答案，你不會吝嗇的不想告訴我吧？」

傅華暗示說：「我的答案可能不入耳的。」

胡俊森笑笑說：「告訴你我想聽的是真話，而非好話了。」

傅華便老實地說：「我認為可能性不大，現在國家批准成立的新區很少，往往是從發展的戰略定位上考慮，海川目前還不具備這方面的戰略意義。」

胡俊森聽了，說：「你說的是客觀上的因素，這個觀點我也認同，但是也不能就一錘子打死，你看有沒有通過運作爭取的可能性呢？」

胡俊森的話，不禁讓傅華回想起當初金達想要爭取在海川成立保稅區的事，歷史彷彿再度重演。不過，這一次傅華不會那麼傻的直接去反駁胡俊森了，他已經吸取了慘痛的教訓。

傅華便說：「運作是可以運作的，不過成功的機率不大。胡副市長，您這個想法可是市裏面的決定嗎？」

胡俊森搖搖頭，說：「不是，只是我的一個初步構想，你知道這個新區的建設必須要有一定的政策支持力度才行，否則發展不起來的。」

看來胡俊森的想法並沒有得到金達的支持，如果僅僅是胡俊森個人的想法，那他便不需要理會了，畢竟要去運作一個希望很渺茫的項目是很辛苦的，恐怕連孫守義也不一定會支持他。

然而胡俊森卻是信心滿滿，說道：「傅主任，你要做好運作這個項目的準備工作，我會說服孫市長和金書記支持海川新區申請成為國家級新區的。」

傅華提醒說：「胡副市長，這個恐怕要先經過省級政府的通過吧？」

胡俊森笑笑說：「省裏的事你就不用管了，我會來運作的。你就管北京方面的運作就好了。傅主任，讓我們攜手合作，爭取讓海川市新區成為國家級新區吧。」

傅華心說這個胡俊森好高騖遠的毛病竟也跟金達一樣。就有些敷衍地說：「行，我會配合好市裏面的工作的。」

胡俊森指責說：「你這可不像是很有信心的樣子啊，這不行，只有我們先相信這件事情會辦成，才會盡力去爭取的。」

傅華心說：你先爭取到金達的支持再說吧！就傅華對金達的認識，金達既然一開始反對成立新區，那他對胡俊森想要申請海川新區成為國家級新區的想法肯定也不會支持的。

既然這樣，他也沒必要去跟胡俊森爭執什麼，等胡俊森在金達那裏碰得頭破血流時，自己就會偃旗息鼓的。

傅華便說：「您放心好了，只要市裏面把任務下達到駐京辦，我們駐京辦一定會全力以赴，爭取讓審批得到通過的。」

胡俊森滿意地說：「你這個態度就對啦。那行，你回去好好休息一下，等晚宴的時候我們再見吧。」

晚上，海川大酒店的宴會廳。

孫守義設宴為考察團一行人接風。徐琛坐了首位，胡俊森坐在副陪的位置上。傅華則被放在了一個不起眼的位置上。

席間，孫守義對幾人十分的熱情，尤其是對田漢傑特別的關心。聯想到田漢傑的父親是組織部門的領導，傅華猜測孫守義事先暗地裏先摸清這幫公子哥們的底細了。

徐琛、胡東強這些人因為父輩的關係，受過太多的巴結，實際上並不樂於見到下面官員對他們太過熱情。因此來之前就特別囑咐過傅華，希望不要介紹他們的身分，傅華也謹守這個分寸，只介紹了他們的公司和職務，沒有涉及他們的背景。

但是現代社會資訊發達，想要瞞住身分的可能性不大，更何況孫守義在北京自然有他的消息管道。

好在孫守義熱情歸熱情，卻自恃身分，並沒有在這些人面前顯得奴顏婢膝，場面上還算看得過去。而胡俊森即使在孫守義面前，也是一副傲慢的嘴臉，對這些公子哥們則更是顯得很冷淡。

晚宴沒有持續太長的時間就結束了，孫守義和胡俊森離開後。徐琛有些無聊地說：「傅華，時間還早，我們是不是上哪兒玩一下？」

傅華看看還不到晚上十點，這在北京正是夜生活開始的時間，也是這幫人精神正旺的時候，讓他們這時候去休息，哪裡睡得著啊。

傅華就笑笑說：「琛哥，想玩什麼？不過事先聲明啊，這裏不比北京，玩梭哈的那種場合可是沒有。」

徐琛笑笑說：「我知道，找家夜總會玩一下總可以吧？」

傅華知道不帶他們去玩恐怕會掃了他們的興頭，就說：「行，你等我打個電話，找個朋友出來，讓他帶我們去，他對玩這一套比我精通。」

傅華就打電話給丁益，丁益常在一些娛樂場所玩，找他帶路最合適不過了，順便也把他引荐給這幫公子哥兒。一來，胡東強到時勢必要在海川待上一段時間，介紹丁益給他認識，讓他在海川有個朋友好照應。二來，天策集團將來也要在這裏建設廠房之類的，這也可以給丁益的天和房產帶來業務。

「傅哥，找我有事啊？」丁益接通了電話，說。

傅華笑笑說：「我和一幫北京來的哥兒們想在海川找個地方玩一下，你來給我們帶個路吧，順便介紹你認識幾位好朋友。」

丁益聽了說：「我跟伍權正在一起吃飯呢，能不能帶他一起啊？」

傅華說：「行啊，不過快點啊，這幫公子哥兒們可不耐煩等人。」

丁益笑了笑說：「十分鐘就過去。」

不到十分鐘，丁益和伍權就趕了過來。傅華就介紹他們跟徐琛、胡東強等人認識。這兩人也是愛玩的，加上身價不菲，舉手投足間也有大家子弟的風範，跟徐琛幾個很投緣，說笑間，一行人就打成了一片。

丁益和伍權帶大夥去了一家叫「大富豪」的夜總會，丁益說這是海川最好的一家夜總會。

進去之後，丁益開了一間大包廂，一位女公關經理就走了進來，看到丁益和伍權，立即打招呼說：「丁少，伍少，今天怎麼這麼好，一起來光顧啊？」

丁益說：「今天我們是帶幾位外地朋友來玩的，我跟你說，這幾位朋友都是貴客，你可要給我招待好啊。」

女公關甜笑著說：「丁少放心好了，你哪次來不是讓你滿意而歸的啊。」

丁益笑說：「行了，別光說好聽的，趕緊把你最好的小姐帶出來。」

一會兒，公關經理就帶著十幾名小姐走了進來，傅華一看，這些小姐個個身材高挑曼妙，臉蛋漂亮，如果不是在夜總會，他幾乎懷疑這些漂亮女子都是模特兒呢。

徐琛很滿意地說：「不錯不錯，這裏素質不差於北京嘛。」

女公關笑笑說：「我們聘用的小姐都是精中選精的，每個都是一六五以上的個子，體重三圍也有嚴格要求的。」

「好了好了，」丁益打斷了公關經理的話，說：「你不用老王賣瓜浪費時間了，我們都帶著眼睛呢。」

丁益就讓徐琛選小姐，這些傢伙也不客氣，每個人都挑了一位自己中意的。傅華為了應景，也隨便拉了一個小姐坐在身邊。

丁益看出這群人身分的不凡，也為了給傅華撐場面，因此都是撿最好的來招待，又開了皇家禮炮洋酒。一群人便和小姐喝酒玩骰子，包廂裏的氣氛馬上就熱鬧了起來。

坐在傅華身邊的胡東強稱讚說：「傅哥，你這哥們不錯，挺會玩的。」

傅華笑笑說：「我的朋友當然不會差啦，他是天和房地產的總經理，本地人，以後我不在海川的時候，你有什麼事可以找他。」

胡東強聽了說：「公司的事我不需要麻煩他，不過玩的事倒是可以找找他。」

傅華不禁叮囑說：「胡少，你父親讓你來是要你做事業的，可不是讓你來玩的。」

胡東強笑說：「傅哥，別這麼嚴肅嘛，我會工作娛樂兩不誤的。」

就這樣玩鬧了一會兒，大家都有點累了，就結了賬離開夜總會。

徐琛看好剛才陪他的那位叫艾青的女子，據說她是這裏的頭牌，想要帶回去過夜。傅華雖然覺得這麼做有點不太好，但這是徐琛自己的行為，他也不好阻攔。再加上海川大酒店是海川市政府固定配合的酒店，環境相對安全，也不用擔心被查房，徐琛帶女人回去應該沒什麼問題，傅華就沒說什麼了。

一行人出了夜總會正要上車，恰在此時，一輛黑色的賓士車正好來到門前，一個年輕男子帶著酒氣從車上下來，看到艾青被徐琛摟著要上車，就上去一把抓住了徐琛的胳膊，叫道：「誒，放開她，這女人是我的。」

徐琛本來就是一個橫慣了的主兒，加上又喝了不少酒，一把將男子的手給扒開，眼睛一瞪說：「你誰啊就讓我放開她，跟你說，這女人今晚跟我了，你到一邊涼快去吧。」

那個年輕男子也不是善類，藉著酒意，看徐琛這麼蠻橫，牛氣就上來了，二話沒說，一拳就砸在徐琛的眼窩上。

徐琛哪吃過這種虧，放開艾青，撲過去就跟男子扭打在一起。

一旁的胡東強和蘇啟智見徐琛跟人打起來，同仇敵愾，也過來幫徐琛打那男子。這幫人在北京本來就是肆意妄為，下手毫不留情，一會兒就打得那個年輕男子慘叫連連。

第十三章

節外生枝

孫守義沒好氣地說：
「這幫人都是高幹子弟，要是有個什麼閃失，
你要市裏怎麼跟他們的家人交代啊。」
原本只是出來玩一玩而已，又有丁益和伍權陪著，
哪知道會節外生枝，發生這種事啊，
傅華心裡也很無奈。

傅華和丁益、伍權在前面車裏，還沒反應過來是怎麼一回事呢，後面這邊就打了起來。他們怕打出麻煩來，趕忙過來拉架，好不容易才將兩幫人分開了。

徐琛除了一個眼窩變成熊貓眼之外，倒沒別的損傷，那個年輕人就有些慘了，衣服被扯爛，鼻子也不知道被誰揍了一拳，鼻血直流，臉上也被打得青一塊紫一塊的。

丁益一看這個年輕人的臉，訝異地說：「束陣浩，怎麼是你啊，你沒事吧？」

被稱作束陣浩的男子一看丁益，張嘴就破口大罵道：「丁益你個混蛋，我說這幫傢伙怎麼這麼無法無天敢打我，原來是你在背後指使他們的。」

傅華問身旁的伍權，說：「這誰啊？怎麼這麼不講理，明明丁益是救了他的。」

伍權說：「這傢伙是束濤的兒子，他們跟丁家本來就關係很差，現在又吃了這麼一個虧，自然是把氣都撒在丁益的身上了。」

傅華明白丁益這是遇到冤家了，這個束陣浩既然是束濤的兒子，想來不會就這麼善罷甘休。好在事情不大，雙方也就是點皮肉傷，便走過去對束陣浩說：「喂，你身體要不要緊，要不要去醫院檢查一下啊？」

束陣浩卻不領情，叫道：「要你管，你們等著，我馬上叫人來教訓你們。」就跑去一旁打電話叫人去了。

傅華看他精神十足，不像有事的樣子，就不去管他，過去徐琛那邊問道：「琛哥，你沒事吧？」

徐琛說：「我沒事，就是沒注意被這小子偷襲了一下。這傢伙誰啊？」

傅華說：「是本地一個地產開發商的兒子。你跟他究竟怎麼回事啊？」

徐琛氣呼呼地說：「這傢伙可能跟艾青有一腿，不想讓我帶她走，我沒理他，他就給了我一拳，就這麼打起來了。」

傅華看了一眼艾青，心想此刻再讓她留在這裏，被人知道徐琛與束陣浩是因為一個小姐爭風吃醋打起來，傳到社會上影響就很不好了。就對徐琛說：「琛哥，讓她趕緊離開吧，對方現在是不肯善罷甘休的架勢，要是驚動了警方，她在這裏可不好解釋。」

徐琛也知道艾青留在這裏是個麻煩，就給了小費讓艾青離開了。然後問傅華說：「現在怎麼辦，人家在叫人呢。」

伍權拍拍胸脯說：「琛哥，不用怕，我也叫人來保護我們了。」

傅華瞪了伍權一眼，說：「你想幹嘛，想火拼啊。我跟你說，你別給我添亂啊。等著，我打個電話給孫市長。」

現在這個局面，傅華肯定不能讓伍權的人和束陣浩的人打起來，也不適合報警，徐琛這幫人是他請回來的客人，把他們請到警察局可不是待客之道。想來想去，這件事還是讓孫守義來解決吧。現在孫守義和束濤的關係不錯，束濤應該會賣這個面子給孫守義吧。

孫守義好一會兒才接電話，語氣有點不耐的說：「傅華，這麼晚了有什麼事非要吵醒我啊？」

傅華抱歉地說：「不好意思市長，出了點意外，我們請回來的客人被人打了。」

「什麼，被打了？」孫守義驚叫道：「誰打的？傷得重不重啊？」

傅華報告說：「打人的是束董的兒子束陣浩，先前被我們制止了，這傢伙不肯甘休，還要叫人來打我們。市長，您看怎麼辦？」

「胡鬧，」孫守義罵道：「這束濤是怎麼管教兒子的？行了，你不用管了，交給我來處理好了。北京客人那邊誰被打了？嚴不嚴重啊？」

傅華說：「就是徐琛眼上被打了一拳，其他人倒還好。」

孫守義交代說：「行，你趕緊帶徐琛去醫院檢查一下，看看傷沒傷到別的地方，一定要醫院好好檢查啊。對了，去哪個醫院一會兒告訴我，回頭我過去探望一下。」

傅華答應說：「好的，我會按照你的指示去辦。」

孫守義掛了電話，傅華就對徐琛說：「走吧琛哥，我們去醫院檢查一下。」

徐琛不以為意地說：「我的傷沒事，不用去醫院了。」

傅華說：「那怎麼可以呢，別有什麼隱患。」

一行人就去了醫院，醫生給徐琛詳細做了檢查，確定除了眼部有些淤血之外，沒有其他大礙。

徐琛還沒檢查完，孫守義就趕到醫院了，他先跟徐琛道了歉，說是失職了，沒有照顧好他們的安全。

徐琛看孫守義態度誠懇，反倒有些過意不去，便說：「孫市長，這怎麼能怪您呢，其實今晚的事沒什麼，就是酒後鬧了點小紛爭而已，已經過去了。」

孫守義仍是歉疚地說：「不過怎麼說是我們的疏忽，我心裏總有歉意。

你放心，對方我已經處理了，回頭會讓他們賠償你的損失的。」

因為孫守義的到來，醫院院長也很快趕了來，孫守義指示院長要做好相關的治療工作，確保徐琛身體沒有任何問題才行。孫守義這麼指示，醫院馬上重視起來，非要徐琛留院觀察一晚才行，搞得徐琛也只好留在醫院住一晚了。

孫守義出了病房，便不高興地責問道：「傅華，你怎麼把客人帶到夜總會那種地方去啊？」

傅華為難地說：「我也不想啊，但是這幫人在北京玩慣了，他們要求要去，我也不好太掃興。」

孫守義沒好氣地說：「你不好掃興，你明知道那種場合很亂，今天幸好沒什麼事，如果出了大事你要怎麼交代啊？一個政府官員陪投資商進夜總會玩小姐，還跟人打了起來，這傳出去有多難聽？還有，這幫人都是高幹子弟，要是有個什麼閃失，你要市裏怎麼跟他們的家人交代啊。」

原本只是出來玩一玩而已，又有丁益和伍權陪著，哪知道會節外生枝，發生這種事啊，傅華心裡也很無奈，卻無法反駁，只好認錯說：「對不起市長，我沒想那麼多。」

孫守義又特別交代說：「還有一件事你要注意，讓這幫人一定要儘量保密，千萬不要傳出去，你也知道現在的輿論壓力，民眾對這些高官子弟普遍都存著反感，如果這事被傳出去的話，不僅是對我們，對他們也是一場災難的。」

傅華點點頭，說：「這個我知道，我會囑咐他們注意的。」

孫守義離開後，傅華便回到病房，徐琛問：「你們市長訓你了？」

傅華笑笑說：「說了兩句，沒事，他也是擔心你們的安全罷了。」

胡東強擔心地說：「傅哥，你不會因此受什麼處分吧？」

傅華搖搖頭說：「沒那麼嚴重啦，不過有件事我要拜託大家。」

蘇啟智立刻說：「什麼事你就說吧，說拜託就太客氣了。」

傅華說：「是這樣的，今天的事希望你們能儘量保密，不要傳出去。你們也知道社會上仇富仇官的情結嚴重，這件事如果傳出去的話，一定會被當做攻擊的靶標的。」

他又看了看徐琛，笑說：「琛哥如果覺得有什麼委屈沒有發洩出來的話，改天我專門請你吃飯當做賠罪好了。」

徐琛很義氣地拍了一下傅華的肩膀說：「傅華，不用擔心我，我的氣早出在那傢伙身上了。我們也都明白你說的，誰也不會沒事找事的給家人添麻煩的。」

傅華笑笑說：「這樣我就放心了。」

徐琛便說：「行了，大家都回酒店休息吧，別在這兒陪我耗著了。」

傅華不放心徐琛一個人留在這裏，說：「我留下來陪你吧。」

徐琛開玩笑說：「快滾吧，我對男人可沒興趣啊。我看這裏的護士小姐都挺漂亮的，正想等你們走了好好搭訕一下，你留下來算怎麼回事啊。」

大夥兒都笑了起來，傅華覺得孫守義既然跟院長交代過了，醫院一定會好好看護徐琛的，就同意說：「那好，我就不妨礙你的好事了。」

一行人就出了病房，往外走時，田漢傑問傅華說：「傅哥，你們的市委書記是誰啊？」

傅華愣了一下說：「叫金達，怎麼了？」

田漢傑冷笑一聲，說：「這傢伙好大的架子啊，我們來這裏，他不給我們接風也就罷了，畢竟市委書記不負責招商引資，但是發生琛哥被打的事他還不露頭，就太不應該了吧？投資商被打這麼嚴重的事，市委書記都不出面道歉，他也太不重視我們了吧？」

田漢傑這麼說，傅華心裏就明白這些公子哥們雖然表面看上去不擺架子，但是心中卻是很在意身分的，金達的輕慢已經引起他們的不滿了。

傅華只好打圓場說：「你們別生氣啊，原因出在我身上，是我考慮不周，只把今晚的事向市長作了彙報，沒有跟市委書記彙報，所以他不知情。」

周彥峰不滿地說：「傅哥，你別把責任往自己身上攬，你已經向上面作了彙報，一定有人會把這件事通知你們市委書記的；所以他不是不知道，而是根本沒拿我們當回事。」

周彥峰說的在情在理，傅華就有點尷尬，他不好跟著去指責金達，只好乾笑了一下說：「我們書記應該是不知道的。」

胡東強看出傅華的尷尬，就幫忙轉圜說：「別這樣，你們這樣會讓傅哥很難做的。再說，我們來海川是衝著傅哥來的，那個市委書記我們根本就無需在意。」

蘇啟智附和說：「是啊，東強說的對，我們是衝著傅哥才來海川的。那個金達覺得自己算是一盤菜，可是在我們眼中，他算個屁啊。」

胡東強也笑說：「是啊，他不來最好，還省得我們浪費精力去應付他

了。」

這個話題就這樣子被胡東強和蘇啟智幫忙給擋了過去，不過傅華卻是暗自苦笑，心說這幫公子哥還真是口無遮攔，幸好在場的丁益和伍權都是很親近的朋友，不會把這些話傳到金達的耳裏，不然金達聽了不得氣炸了肺。

第二天，原本安排要去新區考察的行程因為出了徐琛被打的事，不得不推後一天，傅華和胡東強起床後，就一起去醫院看望徐琛。

一到病房，就見徐琛正在逗著兩個小護士呵呵笑呢，兩名護士看到傅華他們來，就離開了病房。

傅華向徐琛豎起大拇指，笑說：「琛哥果然高手，居然一夜之間就泡上了兩個。」

徐琛得意地說：「那是，我徐琛是什麼人啊！」

這時孫守義來電話，問徐琛的情形，傅華如實說明了，孫守義聽徐琛沒什麼事，就又交代了一番，這才掛了電話。

傅華問徐琛接下來要怎麼辦，徐琛笑笑說：「怎麼辦，趕緊出院啊，話說我昨晚一夜都沒睡好，正想回去趕緊補眠呢。」

胡東強打趣說：「琛哥不會是昨晚跟小護士糾纏了一夜吧？」

徐琛笑罵道：「切，滾一邊去，是那樣我就不抱怨了。我是聞不慣醫院的消毒水味。」

傅華就去替徐琛辦了出院手續，一行人回到海川大酒店，便各自回房睡回籠覺去了。

傅華看看沒他什麼事了，就打電話跟孫守義作了回報，問孫守義還有什麼指示沒有，孫守義說：「你過來我辦公室一下吧，我想跟你聊聊。」

傅華去了孫守義的辦公室，孫守義說：「傅華，這幫人沒有因為昨晚的事對我們海川有所反感吧？」

傅華搖搖頭說：「還好，他們也沒把昨晚的事怪在海川市頭上。」

孫守義笑笑說：「這幫傢伙不好伺候啊，傅華，還是你有兩把刷子啊，能把這幫高官子弟哄得服服貼貼的。」

傅華擺擺手說：「沒什麼啦，其實這幫人並不壞，只要真心跟他們交往，他們是很好相處的。」

孫守義不以為然地說：「哪有那麼簡單，我在北京工作過，知道這幫傢伙一個個骨子裏都是很傲氣的，如果不能讓他們打從心裏服氣，他們根本就不會拿你當回事的。他們沒對我們海川市有所反感就好。傅華啊，市裏成立這個新區，我的壓力很大，原本金達書記對新區是不支持的，後來是鄧省長表態支持，金達才轉變了態度。」

傅華說：「這我聽說了。」

孫守義又說：「鄧省長還專門為此找過我，讓我趕緊把這個新區給籌建起來。我當然不敢辜負鄧省長對我的期望，但如果僅僅是空蕩蕩的土地又怎麼能看呢？需要趕緊找幾個項目來把場面給撐起來。你這次帶回來的考察團可是我的及時雨，所以這次你一定要這幫人在海川投資幾個項目才行。」

傅華點點頭說：「我會盡力的，目前天策集團的項目問題不大，至於其他人會不會看中海川在這裏投資，就要看他們考察的結果了。」

孫守義笑笑說：「盡力爭取，這是新區來的第一批考察團，條件我們可以給他們更優惠一點的。」

傅華說：「我會儘量說服他們的。對了，昨天胡副市長跟我談到他想爭取讓海川新區成為國家級的新區，這件事您知道嗎？」

「國家級新區？」孫守義眉頭皺了起來，搖搖頭說：「這位胡副市長真是貪心不足啊。他忘了事情要一步一步去做的，現在新區還只是籌建當中，省裏都還沒有正式批准呢，他就想到以後去了，真是跳躍性的思維。」

從孫守義的語氣，傅華明顯感受到他是不待見胡俊森的，果然，孫守義接著說道：「這塊你先不要去理會他，目前最重要的工作是引進項目，只有來新區的項目多了，新區發展起來，我們才能去想下一步的問題。所以駐京辦當前的最主要任務就是招商引資，發揮你們在北京的資源優勢，儘量把更多客商帶到海川來。」

傅華點點頭，說：「駐京辦會加強這方面的工作的，為海川新區盡一份力量。」

正說著，傅華的手機響了起來，一看是馮葵打來的。

傅華暗自責怪馮葵不該這時候打電話來，當著孫守義的面，他不好跟馮葵卿卿我我的，就按下拒接鍵，把手機放到一邊。

沒想到手機剛放下，鈴聲又再度響了起來，號碼還是馮葵的。

孫守義看了傅華一眼，說：「接吧，也許找你有什麼急事呢。」

傅華只好接通電話，埋怨道：「什麼事啊，我正跟我們市長彙報工作呢。」

馮葵語氣著急的說：「你今天是不是還沒看新聞啊？」

傅華愣了一下，有一種不妙的感覺，馮葵一大早這麼急著打電話給他，一定不會是什麼好事上新聞的。他趕忙說：「出了什麼事嗎？」

馮葵說：「那你趕緊去上網看看吧，你們去夜總會，還因為一個女人跟人打起來的事曝光了。」

傅華有點傻眼，這件事竟然這麼快就被人爆出來，還上了新聞首頁，這下麻煩可大了。便急急地說：「我馬上去看看究竟怎麼回事，回頭再跟你聯繫。」

掛了電話，傅華趕緊對孫守義說：「市長，不好了，昨晚的事有人發到網上去了。」

「什麼？怎麼會這樣子，」孫守義聽完也是一驚，趕忙打開桌上的電腦，上網查看究竟是怎麼回事。

兩人很快就在新聞首頁上看到了這條新聞。內容是據一位網名叫做「人民問責」的人披露的，不但詳細說明了當晚的事發情節，還配上了照片。一張是夜總會的門口，「大富豪」三個字的霓虹燈在照片上特別的醒目；一張是傅華和丁益他們在門口拉架時的照片。因為角度的問題，看不出傅華是在拉架，反而像是參與鬥毆一樣。

傅華和孫守義臉都綠了，現在網路發達，任何大小事都會透過網路呈現，隨便什麼人都可以把自己拍的照片或影像放到網上，透過網路平臺公諸於眾，這似乎已經成為一種全民運動，人人都像狗仔隊一樣，不時發揮著記者精神。

目前看來，這個報導矛頭針對的只是傅華一個人，可能是在場的人有人認出了傅華來，徐琛、胡東強他們雖然背景雄厚，但是海川市民並不熟悉他們，所以拍照的角度基本上以傅華為主，沒有對著徐琛他們。這算是不幸中的大幸。

傅華看了孫守義一眼，說：「怎麼辦，市長？」

孫守義想了想，說：「傅華，現在你有參與的事已經瞞不住了，關鍵是看發這條消息的人手中有沒有掌握徐琛那些人的照片，如果有的話，必須儘快扼止，不能再擴散出去；還有，這件事恐怕要跟金達書記彙報，你要有個心理準備。」

孫守義這麼說是提醒傅華，金達可能會拿這件事做他的文章，不過事已至此，恐怕也瞞不過金達，只能任憑金達處置了。於是說：

「市長，我無所謂了。您說得對，徐琛他們是我請回來的客人，必須要保證他們不受這件事的影響，您還是儘快找到發消息的人吧。」

孫守義便不再猶豫，趕緊打電話給公安局的姜非，讓他立即部署網監部門去查發消息的人，並將那人手中的照片收繳過來。

孫守義這邊剛部署完，金達的電話就打了過來，憤憤地說：「老孫，這個傅華是怎麼回事啊，怎麼可以胡鬧到帶人在娛樂場所打架呢，他把自己當什麼了，拉皮條的嗎？」

孫守義替傅華解釋：「是這幫客商要去夜總會的，傅華不得已才陪同。沒想到碰到束濤的兒子跟他們爭一個女人，雙方都喝了酒才打了起來。傅華是無辜被捲入的，不關他什麼事。」

「什麼叫不關他什麼事啊？」金達拉高了嗓門叫道：「他怎麼可以帶客商去那種場所呢？我跟你說，你可不要小看這件事，民眾早就對官員腐化糜爛的形象深惡痛絕了，現在又發生這種事，如果不能儘快妥善處理，一定會掀起很大的風波。你趕緊過來吧，我們商量商量要怎麼辦。」

孫守義立即答應說：「行，我一會兒就過去。」

放下電話，孫守義看看傅華，說道：「傅華，金書記讓我過去商量怎麼處理這件事，要不你跟我一起去吧，當面跟他認個錯，他可能就會放過你了。」

傅華明白孫守義這是為了維護他，但是他並不想向金達低頭，因為他不覺得自己做錯了什麼，於是說道：「市長，謝謝您，但是我不會去向金達書記認錯的，我自問沒有做錯什麼，市裏要給我什麼處分，我都接受就是了。」

孫守義勸道：「傅華，我看你處理事情都很圓通，為什麼在金達身上你就非要這麼固執呢？低低頭就可以過去的事，你這樣堅持只怕要吃虧的。」

傅華淡然笑說：「市長，吃虧就吃虧吧，這是我的性格使然，改不了的。」

孫守義只好說：「行了，我知道你的意思了，你回去吧。」

孫守義去了金達辦公室。

金達一臉的怒容，看到孫守義來了，說：「坐吧老孫。哎，這次我們海川市的臉可丟大了，全國老百姓都知道我們的官員帶著投資商去娛樂場所玩小姐。有人還仗著他有點背景，就無視黨紀國法，肆意妄為，這種行為再不嚴懲，我們無法跟廣大市民交代。」

金達這是表明了要嚴懲傅華的意思，傅華的行為一再挑釁了他這個市委書記的權威，堂堂市委書記卻無法讓一個小小的駐京辦主任屈服，這讓他成了海川政壇的笑柄，這根刺他早已欲除之而後快了。現在機會終於送上門來，怎麼能不好好借題發揮一下呢。

孫守義看看金達，他不知道金達究竟想要怎麼嚴懲傅華，問說：「金書記，您覺得我們該怎麼處理才好呢？」

金達做出一副痛心疾首的樣子說：「老孫啊，我知道傅華這個人很有能力，他跟你的關係也不錯，所以對他難免有所縱容，也放鬆了對他的要求，才導致今天這個結果。」

孫守義替傅華辯解說：「金書記，我有點不贊同您的觀點，傅華同志一向自我要求是很嚴格的，他也是為了工作才這麼做，我們不能對這些從事招商引資工作的一線同志太求全責備，否則會大大挫傷同志們的積極性的。」

金達認為傅華之所以無視他的權威，一是仗著自己雄厚的背景，再是孫守義對他的支持，因而敢有恃無恐，因此搖搖頭，說：

「老孫，你不能這麼說，難道我們的同志為了招商引資都要拉皮條嗎？這根本就不對。我最討厭的就是某些幹部假借招商引資的名目，其實做些腐化墮落的事，還一副理直氣壯的樣子。」

孫守義不說話了，金達既然擺明了要嚴懲傅華才滿意，如果他力爭下去，只會跟金達鬧得不愉快，他可不想為了傅華去跟金達衝突起來。再說，金達對傅華這樣，傅華自己也要負很大的責任，要不是他老是對金達不夠尊重，金達也不會對他產生極大的不滿，反正金達能給傅華的不過是一些行政處分，對傅華傷害不大，既然這樣，他何必跟金達把關係搞僵呢。

金達看孫守義不說話，繼續說道：「老孫啊，你可能也聽說了，東海政壇不久就會有一場洗牌，說不定你有機會坐到我這個位置上，那時候海川就會由你掌控了，難道你希望有一個不拿上級當回事的人待在駐京辦主任這麼重要的位置上嗎？」

第十四章

免職處分

金達報告傅華帶投資商出入娛樂場所被曝光的情形，
然後說：「鑒於這件事造成的惡劣影響，
我認為傅華同志已經不適合繼續擔任駐京辦主任了，
建議對他進行免職處分。
下面請同志談談你們的看法。」

孫守義驚訝的看著金達，金達這句話的含義太豐富了，似乎在暗示他會離開市委書記的位子，由自己接任。難道他已經得到某種上位的訊息了嗎？孫守義馬上想到了金達最近跟喬玉甄來往密切這件事上。

金達那麼積極的去幫喬玉甄拿下灘塗地塊，除了因為郭奎的關係，也許還跟喬玉甄有什麼不為人知的交易，比如幫金達打通上層的領導關係。

這裏面也隱含著一個交換條件，只要自己同意懲治傅華，他就會推薦自己接任市委書記；更代表他對傅華不僅僅是紀律處分，而是直接想拿掉傅華的駐京辦主任職務。

孫守義心裏猶豫了一下，盤算著各方利害。未來東海省當家做主的可是鄧子峰，為了金達把傅華給出賣了，似乎有點不值得。

然而，金達接下來的話讓孫守義徹底打消了幫傅華說話的念頭：

「老孫啊，你知道嗎，那個劉麗華在市郊買了一套房子，首付就花了三十萬，你說是不是很怪，城建局明明分配房子給她了，她幹嘛還要另外買房子啊？而且她哪來的錢呢？」

金達這是在暗示孫守義和劉麗華的那些不能見光的事早在他的掌握之中，想不到金達居然也如此陰險，看上去一副正派的樣子，實際上早就在暗地裏佈下對付他的棋子了。

孫守義無奈下被迫跟金達妥協，心中嘆說：傅華，你別怪我，我早就勸過你要跟金達低頭的，你不聽我的勸，把金達惹到這個程度，後果也只能由你自己承擔了。

孫守義就說：「我跟劉麗華好久沒聯絡了，想不到您對她的情形倒是很清楚啊。誒，我們聊她幹嘛啊，剛才不是在說如何處分傅華嗎？還是說說您打算怎麼處分他吧。」

金達裝作沒事地說：「是啊，有點跑題了，我是腦子裏突然想起這件事，就說給你聽聽。好了，我們繼續說傅華吧。現在發生這種事，影響十分惡劣，我認為傅華已經不適合繼續擔任駐京辦主任了，我想向市委建議免去他的主任職務。」

孫守義暗示說：「這個處分是不是太嚴重了些啊？」

金達義正詞嚴地說：「嚴重是嚴重了點，但是不這樣做，不能表示出我們海川市懲治幹部腐化墮落行為的決心，也無法平息社會大眾對這件事的反感。老孫啊，你知道我這麼做也是很痛心的。」

孫守義心中大罵金達虛偽，都從背後捅刀子了，還假惺惺的裝好人。他譏諷的說：「我看得出來，您真是夠痛心的。」

金達老臉紅了一下，乾笑說：「沒辦法啊，老孫，誰叫我是市委書記呢，就算是大義滅親，我也必須要這麼做的。」

孫守義只好說：「這個處分是不是等幾天再下啊，現在傅華可是帶著考察團還在考察呢，我擔心會因為處分他，影響了考察團對海川市的投資。」

金達卻不想給傅華喘息的機會，堅決地說：「老孫啊，你要對我們海川市有信心，要相信那個考察團絕不是衝著某某人，而是為了海川市優良的投資環境才來的。」

孫守義看金達為了私憤一意孤行，連海川整體的利益都不顧了，忍不住說：「我希望您能清楚您這麼做的後果。」

金達固執地說：「我當然清楚後果，不過為了肅清不良分子，我是不怕承擔責任的。再說，我們絕對不能因為怕影響到經濟利益，就縱容這些腐化墮落行為繼續存在。」

看來他是阻攔不了金達的決心了，孫守義便說：「那您要怎麼做？」

金達說：「既然我們已經達成一致，我馬上就召集常委召開緊急常委會，對傅華的處分形成決議，然後公佈出去，以平息民怨。」

孫守義無奈地點點頭說：「行，那您看著安排吧。」

於是金達讓市委辦公廳通知了各常委召開緊急常委會。由金達主持會議，報告了傅華帶投資商出入娛樂場所被曝光的情形，然後說：「鑒於這件事造成的惡劣影響，我認為傅華同志已經不適合繼續擔任駐京辦主任了，建議對他進行免職處分。下面請同志談談你們的看法。」

金達說完，轉頭看向孫守義，此刻孫守義已經沒有退路，便附議說：「我同意金書記的意見。」

副書記于捷看孫守義勉強同意，于捷是很樂於看孫守義不爽的，就笑笑說：「我也贊成金書記的建議。」

常委會其他人也沒有反對的，於是會議便通過了免去傅華職務的決定。

金達說：「既然大家都同意了，那就趕緊把這個免職決定發佈出去。老孫，對於投資考察團的接待工作你要做好安排，確保不要受傅華免職的影響。」

孫守義看金達把考察團的責任按在他的身上，就有點不高興的說：「儘量吧，不過我可不敢保證一定不受影響，畢竟這幫人是傅華請來的。」

金達說：「行，你儘量爭取吧。還有，駐京辦的工作我建議暫且由副主任羅雨主持，大家有沒有意見？」

眾人都說沒意見，金達便說：「既然沒意見，那就這麼決定，駐京辦的主任一職不能長時間空缺，也請組織部趕緊考慮一下接替人選，然後報常委會討論決定。」

金達罕見的這麼果斷，是要儘快任命新的駐京辦主任，好堵死傅華回駐京辦的路。孫守義心想金達這一手真夠狠的，絲毫不給傅華留餘地啊。

部署完，金達掃視了一下在座的常委，心中有一種說不出來的爽快，他第一次有當家做主的感覺，這一切都要歸功於他拔掉了傅華這根心頭刺之故。

在金達磨刀霍霍的時候，傅華卻一點都沒有感受到危機將臨，從孫守義那裏回來後，他跟馮葵通了電話，講了在海川發生的事之後，就待在房裏百無聊賴了。

中午，胡東強、徐琛他們各自在房間解決午餐，傅華便去餐廳自己吃了飯，然後回房睡了個午覺，醒過來時，已經下午四點鐘了。

這一覺睡得他有點迷迷瞪瞪的，坐起來時頭有點暈，正當他坐在床頭還搞不清楚狀況的時候，他的手機響了。

「傅哥，你知道嗎？你被免職了。」丁益的聲音從話筒中傳了出來。

傅華迷糊中，以為丁益是跟他開玩笑，不以為意地說：「胡說八道，誰能免我的職啊？」

丁益急急的說：「是真的，傅哥，剛才常委會上一致通過決定免除你的駐京辦主任職務了。」

這時候傅華的頭腦才有點清醒，疑惑的說：「丁益，你這消息準確嗎？這是謠傳吧，孫守義怎麼會同意免除我的駐京辦主任職務呢？」

丁益憤憤地說：「千真萬確，這是一位常委跟我父親講的。至於孫市長，你別太相信他了，他可是第一個表示贊同的人。」

「什麼，」傅華驚叫說：「這不可能，別人不知道昨晚的情形，孫市長可是知道的，他不可能同意免除我的職務才對啊。」

丁益說：「傅哥，我跟你說的都是真的。我也不知道孫市長是怎麼回事，但是他確實是表態同意了的。」

傅華的心在下沉，他想到了那句名言：政治上沒有永遠的朋友，只有共同的利益。孫守義一定是因為某種利益出賣了他。

這給傅華帶來的傷害比金達免他的職還要大。他那麼信賴孫守義，把孫守義當做朋友來看，沒想到這個「朋友」竟然在關鍵時刻從背後捅了他一刀。

形勢的變化超出了傅華的想像，沒想到金達居然對他下這麼狠的手，看來他是小瞧金達了。他沮喪地說：「行了，丁益，我知道了。」

丁益關心地問：「傅哥，你沒事吧？」

傅華苦笑了一下說：「能有什麼啊，不就是把我免職了嗎，天還沒塌下來。」

丁益卻大感不平地說：「傅哥，你想想辦法嘛，明明不是你的責任，憑什麼要免你的職啊，現在正式的免職決定還沒有公佈，你是不是找找領導們疏通一下啊？」

傅華笑說：「這是金達搞的鬼，我就是找人也沒有用的。行了丁益，你別說了，你讓我靜一下，我需要理理思路。」

丁益理解傅華的心情，就說：「行，傅哥，那我先掛了。」

丁益掛了電話，傅華感覺房間一下子安靜下來，讓人十分煩躁，他起床在房間裏踱著步，思索著事情變化的脈絡。

他不明白為什麼孫守義會突然轉變態度，跟金達一起來對付他。傅華自認沒有什麼地方對不起孫守義，他一向對孫守義的家人照顧得很好，孫守義有什麼事情需要幫忙，他也都盡力去幫，甚至借了他三十萬，可說對孫守義仁至義盡了，孫守義怎麼還會出賣他呢？金達是以什麼理由說服了孫守義支持免自己的職呢？這裏面有什麼事是自己不知道的嗎？

傅華越想越覺得事有蹊蹺，一時卻想不出頭緒來。

還有，自己被免職了，下一步要如何應對呢？需不需要去給自己討個公道？……許多問題一下子湧進傅華的腦袋裏，讓他越發的煩躁。

正在這時，有人敲門，傅華開了門，胡東強笑著走了進來，說：「傅哥，才睡醒啊？」

見到胡東強，傅華的心一下子冷靜下來，雖然他還沒找到答案，但是煩躁是解決不了問題的，不管怎麼樣先冷靜下來再說；反正自己手裏還有贏來的幾千萬呢，就算不工作，也餓不死的。

傅華便回說：「醒了一會兒了。找我幹嘛？」

胡東強說：「我來是想問你明天的行程。海川這地方有點悶，我想早點考察完早點回北京。」

傅華尷尬地說：「這個我還真的沒辦法答覆你，我剛剛得到消息，我已經被免職了，考察團的事情現在不由我管了。」

胡東強驚訝地說：「什麼，你被免職了？什麼原因，是因為昨晚我們打架的事嗎？」

傅華點點頭，「昨晚的事有人拍了我的照片發到網上，因此上級領導說是我領著你們出入娛樂場所，又爭小姐跟人打了起來，影響惡劣，所以對我做了處分。」

胡東強一聽，氣憤地說：「這明明是琛哥搞出來的，與你有什麼關係啊，不行，我要把這件事告訴琛哥，讓他出來幫你把事情說清楚，你不是打架的，是拉架的，憑什麼讓你來承擔這個責任啊，真是滑稽！」

胡東強說完就要往外走，傅華趕緊伸手拉住了他，說：「胡少，你先別這麼衝動，事情不是你想的那麼簡單。上面是衝著我來的，你們打架不過是一個藉口而已。再說，你讓琛哥出來講什麼啊，他要玩小姐結果跟別人爭了起來嗎？那不但幫不了我，還把你們也搭進去了。我說，你們幾個可是比我的目標還大的。」

傅華在踱步轉圈的時候已經想過整件事情，他是可以要求徐琛和胡東強出來說明事發情形，但是那就會把徐琛這些高官子弟暴露出來，造成更不好的影響。這樣不但幫不了他，反而讓他更成為眾矢之。再說，這些人是他請回來的，他有責任照顧好他們，所以傅華寧願自己把事情擔下來，也不願意拖徐琛他們下水。

胡東強不平地說：「那也要讓他們知道發生了什麼事啊，還有，傅哥，既然你都被免職了，我還考察什麼啊，當初是因為你，我們才有把灌裝廠放在海川的打算的。」

傅華提醒他道：「胡少，灌裝廠的事你先不要急著做決定，你現在是做企業，先要對企業負責，所以要從經營者的角度來做決定。」

胡東強說：「反正我是覺得沒必要了，這樣吧，等會兒我把你被免職的情況跟我父親通報一下，看看他是什麼意思，他如果決定要繼續留在海川，那我就留下來。現在我先去找琛哥說這件事。」

傅華心說這件事遲早也是要跟徐琛他們說的，就說：「我陪你去吧。」

兩人就去了徐琛的房間，徐琛剛睡醒的樣子，聽傅華講完，臉色十分難看，說：「傅華，你們市裏這幫孫子究竟是什麼意思啊，你是帶我們來考察的，他們卻為這點小事把你免職，這不是想趕我們走嗎？」

傅華解釋說：「他們倒不是衝著你們，而是針對我，那個市委書記金達對我一直很有意見，這件事正好給了他機會。」

徐琛氣說：「不管怎麼說也不該拿這事做藉口啊，他把我們擺在什麼地方啊？這不害我成了對不起朋友的人了嗎？不行，我不能被他這麼利用。東強，去把田漢傑他們叫過來。」

胡東強就去把其他人都叫了過來。

徐琛說：「哥幾個，我們昨晚打架的事給傅華惹禍了，他被上級免職了，大家看看這件事要怎麼辦吧？」

眾人一聽都愣住了，七嘴八舌地發表自己的意見。

周彥峰說：「不會吧，又沒給對方造成多大的傷害，怎麼能隨便把傅哥的職務給免掉了呢？」

徐琛說：「這是因為他們的市委書記看傅華不順眼，昨晚的事正好給他藉口，他就趁機免掉了傅華的職務。」

田漢傑聽了，叫說：「嘿，這孫子居然連我們也敢利用，真是不知死活。」

蘇啟智比較理智，說：「大家先冷靜一下，別吵，現在我們應該考慮的是怎麼保住傅哥的職務問題。誒，傅哥，你說我們如果放幾個項目在海川，會不會讓你們市裏改變這個決定啊？」

傅華搖搖頭說：「這不是放幾個項目就能解決的問題，常委會上已經通過的事，要想改變是很難的。估計很快就會有電話找我去進行免職談話了。」

田漢傑嘲諷說：「這孫子手倒快，這麼快就上常委會了，很少見到有效率這麼高的官員啊。他這是擺明了不想給你翻盤的機會嘛。」

傅華笑笑說：「對啊，很難逮到這麼好的機會。誒，你們幾個，也不要因為我影響到你們對海川的考察，你們來是為了做生意的，可不是來賭氣的。」

周彥峰說：「有這麼個孫子做市委書記，我們在這裏投資也不放心啊。先別管投資了，先想想還有沒有別的挽救辦法吧。」

胡東強說：「剛才我說我們出面把事情說清楚，不讓傅哥背這個黑鍋。但傅哥不同意，說我們幾個目標更大，出來說明的話，恐怕會讓事情鬧得更嚴重。」

徐琛認同傅華的觀點，看了傅華一眼，感激地說：「傅華，這次是我拖累了你。你放心，我絕不會讓你吃虧的。」說完轉頭看向田漢傑，說：「漢傑，你去查一下金達那孫子的底，我看看究竟他是何方神聖，敢利用我們來整人。」

田漢傑點點頭，說：「行，琛哥，我讓我們家老爺子查一下。」

這時，傅華的手機響了起來，是市委辦公廳打來的，說是金達要親自跟傅華談話，通知傅華馬上去金達辦公室一趟。

接完電話，傅華不禁失笑，金達其實並不需要親自出面找傅華談話的，他這是想以勝利者的面孔來看看他被整之後的慘樣。

徐琛在一旁聽了，惱火地說：「嘿，這孫子，他這是想看你的笑話啊。」

傅華笑笑說：「這個算盤他恐怕打錯了，我正一肚子火沒處發呢，趁這個機會我去教訓教訓他好了。」

胡東強說：「對，傅哥，好好的教訓教訓他。大不了你別在駐京辦混了，有我們幾個撐著你，隨便找個地方都比在那兒強的。」

傅華笑說：「那我就更有底氣教訓他了。好了，我過去看看。」

傅華去了金達的辦公室。

進門後，傅華看金達正低著頭在批文件，金達也沒抬頭，只說了聲：「坐吧，等我看完這份文件。」就依舊低著頭，不搭理傅華了。

傅華卻是做好了要跟金達徹底翻臉的準備，自然不會讓金達繼續這麼裝腔作勢下去，就去沙發那裏坐了下來，說：「行了金達，別裝了，你叫我來，不就是要跟我展現你勝利者的姿態嗎？來吧，展現給我看吧。」

這還是兩人認識以來，傅華第一次直呼金達的名字，搞得金達愣了一下，一時沒反應過來。

傅華看金達這個樣子，笑了起來，說：「發什麼呆啊，你不是要跟我做免職談話嗎？談吧。」

金達被傅華的態度激怒了，從位子上站了起來，說：「傅華，你什麼態度啊，自己做錯事不認錯，還用這麼囂張的態度對待領導，你想幹什麼啊？」

傅華毫不示弱的站了起來，直視著金達說：「金達，你不用拿領導的身分來壓我。就算你是市委書記也不能不講理，你憑什麼說我做錯了事？你做過調查了嗎？」

金達回說：「我還用去調查嗎？網上你的照片清清楚楚的擺在那裏，不用調查我也知道是怎麼一回事。」

傅華搖搖頭說：「金達，你真是有意思啊，你連一個當事人都沒瞭解過，又怎麼知道我不是被冤枉的？你這麼匆忙的就免除我的職務，是怕稍微耽擱就錯過了這次千載難逢的整我的機會吧？」

金達被傅華說中了心事，惱羞成怒地叫道：「胡說八道，免除你的職務可是常委們集體的決定，不是我非要把你怎麼樣的。」

傅華冷哼說：「金達，你別這麼虛偽了，累不累啊，現在這裏就我們倆人，你就不能坦誠點，說點真話嗎？」

金達冷冷的看了傅華一眼，他明白傅華是豁出去了，想來傅華是覺得既然被免職了，索性來個破罐子破摔了。

金達心裏冷笑一聲，他絕不能任由傅華這麼囂張下去，他要打掉傅華的自信，撿傅華最痛的地方打擊，掌握這次談話的主動權，於是說：

「我知道你現在這樣是因為你被免除了駐京辦主任的職務，你的心情我能理解，你一手建立起駐京辦，把駐京辦當做自己的孩子看待，現在孩子不是你的了，換了誰都會心疼的。不過，這已經是既成事實了，你想改變也改變不了。人哪，做錯了事就要承擔責任，不要以為老婆有雄厚的背景，就可以凌駕於黨紀國法之上。在我金達這裏首先就行不通的。」

傅華沒有被金達的話給唬住，笑笑說：「金達，你別這麼道貌岸然了，別人不瞭解你，我還不瞭解你嗎？你以為你做什麼事都沒有瑕疵嗎？扯淡！海平區白灘那個高爾夫球場你明知是違規的，為什麼不查？喬玉甄的灘塗地塊又是怎麼拿到的？還有城邑集團的氮肥廠地塊又是怎麼回事？哼，你是怎麼做的，自己心裏不清楚嗎？你不會是拿海川市的人都當瞎子了吧？」

金達惡狠狠地瞪了傅華一眼，說：「傅華，你說的這些事我不必跟你解釋，你也不用胡攪蠻纏，不管你怎麼狡辯也無法改變你被免職的決定的，所以你還是省省吧。」

傅華冷笑一聲說：「金達，你不用這麼囂張，我說這些不是要你改變決定，而是告訴你，你的所作所為已經惹惱我了。」

金達被逗笑了，說：「惹惱你了？哈哈，真是好可怕啊，惹惱你你又能怎麼樣啊？難道你能把我這個市委書記給撤掉？就算你想也要有這個能力啊。」

傅華老神在在地說：「我沒想過要撤掉你的市委書記職務，不過，既然你提醒了我，我倒可以往這方面努力一下。金達，我們的戰鬥才剛開始，精彩的還在後面呢，我們就騎驢看唱本，走著瞧吧。」

看傅華自信的樣子，金達突然一陣惶恐，這傢伙如果鐵了心要跟他死磕，那還真是一個威脅。不過，隨即他的心又安定了下來，不管怎麼說，他也是市委書記，難道還要怕一個無職無權的人嗎？如果被這麼幾句空口威脅就怕了，那他這個市委書記也太無能了。

金達陰沈的說：「傅華，你別空口恫嚇了，我金達也不是被嚇大的，你不是要搞掉我的市委書記嗎？那我就等著看你的手段吧。好了，我們的談話到此結束，你可以滾了。」

傅華笑笑說：「你放心，你很快就會看到我的手段的，相信一定不會令你失望的。金達，你好自為之吧。」說完，就轉身走出金達的辦公室，摔門而去。

金達氣得肺都要炸了，原本他叫傅華來是想看傅華的笑話的，他想像中，傅華應該神情沮喪，甚至應該向他乞求原諒才對。結果卻是笑話沒看成，他反被威脅了一通，跟他的預期簡直是天差地別。再想到傅華想搞掉他的市委書記，金達越發堵得慌了，心說：好在下一步我馬上就要到省裏工作去了，我就不信你還能蹦躂到省裏去？

原來金達一直在跟喬玉甄運作升遷的事，他最新從喬玉甄那裏得來的消息是，東海政壇大洗牌在即，呂紀確定要去中央的一個部做部長，鄧子峰會接替呂紀出任省委書記；孟副省長則是上升一格，去省政協做政協主席。而他在謝精省的推薦下，已經被列入接替孟副省長的考察人選名單中了。

從目前名單的人來看，金達很有優勢，喬玉甄也告訴他，謝精省很有信心讓金達能夠成功上位。金達相信他很快即將成為東海省的省級領導，還是省委常委之一，傅華就算是再有本事，也不能威脅到他一絲一毫的。

想到這裏，金達的心才有所釋然，不再那麼堵得慌了。

第十五章 影響大局

徐琛忍不住說：

「傅華，你都被欺負了，你還為他們考慮什麼啊？

我們這麼做就是要給他們一點顏色看看。」

傅華笑說：「你們別這樣，我被人欺負是私人恩怨，

千萬不要為了這個影響大局，是不是？」

孫守義開完常委會，回到自己的辦公室，他的心情很是鬱悶。

他一直覺得自己的能力遠在金達之上，但是這次他卻被金達逼迫贊同了免除傅華的職務，這簡直是一場羞辱。不過，眼前的重點不在這裏。他先要搞清楚金達是不是有機會上位，如果金達真的能夠上位，他就要做好因應的準備工作。

於是孫守義拿起電話打給趙老，跟趙老講了今天發生的事，問道：「老爺子，你覺得金達的話，真實的成分有多大？」

趙老想了想說：「這個還真是不好說，最近高層雖然有調整東海省領導班子的想法，但是以金達的資歷應該還夠不上再往上走一步，除非有人在背後幫他使勁，這個你等我瞭解一下吧。」

「好，老爺子，我等你電話。」

掛了趙老的電話，孫守義又打給姜非，想瞭解一下姜非調查的情況。

姜非報告說：「市長，已經找到了那個叫做人民問責的人，我們也將相關的照片和相機的記憶卡都收繳了上來。」

孫守義鬆了口氣，說：「你做得很好，你把相關的物證都給我送過來。」

姜非就將東西送了過來，孫守義簡單的看了一下，說：「這件事關係到我們請來的客人，所以這些照片就留在我這兒吧，你和經辦的人員也要注意保密。」

姜非立即答說：「我知道了，市長。」

姜非離開後，孫守義撥了電話給傅華，說：「傅華，你過來一下，那些照片我拿到了，你來把它拿去給你的朋友吧。」

傅華說：「好的，我一會兒就過去。」

孫守義聽傅華的語氣很平靜，不像是生氣的樣子，心情放鬆了下來，笑笑說：「行，我在辦公室等你。」

此刻傅華正跟徐琛他們在一起商量事情呢。

徐琛看他接完電話，問道：「誰的電話？」

傅華說：「孫市長的，他說昨晚被拍的照片都收繳上來了，讓我過去拿。」

徐琛笑說：「這傢伙還很懂事的嘛。」

傅華說：「我過去拿一下。誒，你們是不是再考慮一下，不要明天就離開海川？」

原來在傅華去見金達的時候，胡東強已經跟胡瑜非聯繫了，胡瑜非對傅華被免職大為驚訝，原本胡瑜非是想讓傅華在海川幫助胡東強做一番事業的，但現在看傅華在海川不受待見，這樣繼續把灌裝廠放在海川就不太明智了，說不定還會被遷怒，於是決定先讓胡東強中斷考察回北京。

胡東強把他父親的決定跟其他人講，這幫高官子弟本來就是來玩的成分多一點，做不做項目都在兩可之間，因此合計了一下，一致決定明天就打道回府。

傅華卻不想他們這麼做，不管怎麼說，是他將這些人帶來的，無功而返總是不好，所以勸他們是不是再考慮一下。

徐琛忍不住說：「傅華，你這個人就這點不好，人家把你都欺負成這樣了，你還為他們考慮。考慮什麼啊？我們這麼做就是要給他們一點顏色看看。」

傅華笑說：「你們別這樣，我被人欺負是私人的恩怨，千萬不要為了這個影響大局，是不是？」

徐琛笑了起來，說：「什麼大局啊，狗屁！憑什麼市委書記、市長不考慮大局，卻要你這個無官無職的傢伙來考慮大局啊。你知道他們為什麼敢這麼欺負你嗎？他們就是覺得你這個人有大局觀，欺負了你，頂多你生氣一下，卻不會做什麼影響大局的事。我跟你說，他們的大局是他們的，與你這個平頭百姓沒關係，你就是為了大局考慮得再多，他們也不會領情的，相反，他們反而會覺得你更好欺負了。」

傅華想想自己也很可笑，已經什麼都不是了，還考慮個什麼大局啊。便笑說：「琛哥真是一語驚聲夢中人啊，好了，我不管了，明天我就跟你們一起回北京，讓他們的狗屁大局見鬼去吧。我先去把照片拿回來再說。」

傅華就去了孫守義的辦公室，孫守義把照片和記憶卡都交給傅華，傅華把東西收了起來，說：「我會把這些交給他們的，也替他們謝謝您。」

孫守義說：「不用這麼客氣了，他們是海川的客人，我有義務照顧好他們的。誒，傅華，這次你被免職的事我很抱歉，我也是無奈下才同意金達的決定的。」

傅華笑笑說：「無所謂了，事情已經過去了。市長，有件事要跟您說一下，剛才考察團的朋友通知我，說他們決定明天就回北京。我看我在海川也沒什麼事了，明天就跟他們一起回北京。」

雖然孫守義早已預想到會有這個結果，仍是不放棄地說：「傅華，就不能勸他們留下來嗎？畢竟都來了，去新區看看也算不白跑這一趟。」

傅華笑說：「市長，我已經被免職了，這跟我說不著吧？」

孫守義勸說：「你別這樣，傅華，雖然你被免職了，但是你對海川總不會一點感情都沒有吧？就當幫幫忙，挽留一下他們。」

傅華笑笑說：「市長，我是對海川市有感情，但是這份感情卻得不到應有的回應。好了，駐京辦的工作我回北京後會交接給羅雨的，就這樣吧。」

雖然傅華說話時臉上帶著笑，但是孫守義感受到了傅華語氣中的冷淡，心裏明白傅華也把他給恨上了。然而他卻無法辯解，只好苦笑了一下說：「那就這樣吧。」

傅華回到海川大酒店，把照片和記憶卡給了徐琛，徐琛罵了句，將照片和記憶卡都給銷毀了。

一旁的田漢傑說：「傅哥，我家老爺子去查金達，還真查到了點東西。據說這孫子現在正被中央組織部門考察，下一步有可能升為東海省的常務副省長呢。」

傅華聽了說：「這傢伙竟然還能升遷啊，有意思。」

田漢傑說：「傅哥，你想怎麼做？要不要我讓我們家老爺子狙擊他一下，讓他無法稱心如意？」

傅華腦海裏飛速的思考著，他已經被金達激怒了，這次他不做點什麼教訓一下金達，心頭的這口惡氣壓不下來。但是要有所行動，也不能貿然行事，他要做到考慮周詳、一擊必殺才行，否則還不如不行動。

傅華便問：「漢傑，你家老爺子確定這件事了嗎？據我瞭解，金達的資歷還不夠做這個常務副省長的，他也沒有什麼特別的業績，除了受呂紀和郭奎賞識之外，並沒有其他領導跟他的關係密切，按說是沒有能力得到這個機會的。」

田漢傑說：「據說他這次之所以會被考察，是因為常務副部長謝精省大力舉薦了他，不然的話，還不知道他在哪裡刮旋風呢。」

傅華在腦子裏一下子把事情串了起來，原來金達是走了謝精省的門路，他能走上謝精省的門路，一定是喬玉甄在其中起了媒介作用，估計上次金達神秘來京就是為了見謝精省的。

傅華看了一下田漢傑，說：「這件事現在已經確定下來了嗎？」

田漢傑搖搖頭說：「還沒，不過金達的機會很大，畢竟謝精省是常務副部長，在組織部門是很有權威性的。」

傅華又說：「那你家老爺子如果狙擊金達的話，會不會得罪謝精省啊？」

田漢傑笑笑說：「沒事，我家老爺子本就跟謝精省不合拍，就是沒你的事，他也不一定會支持金達的，所以搞金達那孫子一下絕沒問題。只是真要攔下他來，光這麼空口說白話也不行，最好是抓他點什麼錯處。」

傅華說：「這容易，交給我，很快就會有他的錯處浮出水面的。誒，漢傑，你家老爺子能不能也跟謝精省那樣子推薦人選啊？」

田漢傑聽了笑說：「應該可以的吧。怎麼，傅哥想要我父親幫你推薦人選？」

傅華笑笑說：「我有一個比金達更合適的人選，是我的老上級，現在的東海省委秘書長曲煒，我給他做過秘書。他的資歷和能力都能勝任東海省的常務副省長的。你問一下你家老爺子，如果他同意的話，我可以安排曲秘書長去北京拜訪他。」

田漢傑爽快地說：「行，回頭我問問我家老爺子。」

傅華感激地說：「先謝謝你了，漢傑。」

田漢傑笑笑說：「客氣了。」

徐琛這時又恢復了玩興，說：「傅華，晚上我們怎麼安排啊，我們總算來海川一趟，你應該帶我們玩點海川特有的東西吧？」

傅華笑說：「來點野趣怎麼樣？」

胡東強大感好奇，問說：「什麼野趣啊？」

傅華說：「我帶你們去海邊真正的漁家吃最道地的海鮮，你們覺得如何啊？」

徐琛高興地說：「好啊，趕緊安排，我在這裏待得悶死了。」

傅華就打電話給丁益，讓他帶車過來，他打算帶徐琛這幫人去海平區的白灘村。丁益很快就跟伍權一起趕了過來，一行人坐上車往海平區趕。

在路上，傅華先打電話給白灘村的村長張允，說他要帶一幫貴客過去吃飯，要張允多準備點海鮮，他們一會兒就過去。

快到白灘村的時候，傅華接到招商局局長王尹的電話，傅華心說：這幫傢伙果然找上門來了。

傅華接了電話，說：「王局長，找我有事啊？」

王尹笑笑說：「是這樣的傅主任，你那幫朋友不是要離開嗎，孫市長和胡副市長的意思是想設宴送送行。你們現在在哪裡啊？」

傅華說：「王局長，不要叫我傅主任了，我已經被免職了。不好意思啊，我們現在不在市區，你替我謝謝孫市長和胡副市長的好意，恐怕我們一時半會兒趕不回市區。」

王尹追問說：「你們究竟在哪裡啊？我們也可以趕過去的。」

傅華說：「那就沒必要了，我這幫朋友想去漁村玩，吃點海鮮。好了，再見吧。」就掛了電話。

車子很快進了白灘村，傅華指點著丁益把車開到張允家，張允聽到汽車聲立即迎了出來。

傅華跟張允握了手，說：「張叔，我帶來的人不少，你準備的飯夠吃嗎？」

張允笑笑說：「夠，夠，一接到你的電話，我就把村裏今天收穫的好東西都給你弄來了，保你吃飽吃好。」

傅華就帶著徐琛一行人進了張允家，桌子上已經擺上了拌好的海菜、黃瓜等涼菜，還放著幾瓶二鍋頭，傅華招呼說：「哥幾個隨便坐吧。」

徐琛幾人便坐了下來，張允將現蒸好冒著熱氣的海鮮用大盤子端了上來，有螃蟹、海螺、鮑魚以及一些貝類，這些都是野生的，也沒經過什麼複雜的烹飪過程，只是在大鐵鍋裏蒸熟了就上桌，卻有一種最天然的美妙滋味。

徐琛和胡東強這些人都是吃慣了山珍海味的，嘴特別刁，張允準備的這些海鮮卻讓他們一個個都讚不絕口，大快朵頤。

吃飯時，傅華將張允叫到一邊，先拿了兩千塊錢給他，說：「張叔，這是今晚的飯錢，夠不夠啊？」

張允笑笑說：「太多了，一半都用不了的。」

傅華說：「您就都拿著吧，讓你們一家人跟著辛苦，我也過意不去。誒，張叔，那個雲龍公司的高爾夫球場現在怎麼樣了？」

張允嘆說：「唉，現在越來越成規模了，還在一旁建了別墅，村裏不少人都在裏面打工，他們算是站穩腳跟了。」

傅華便說：「回頭能不能拍幾張高爾夫球場的照片給我？」

傅華想要高爾夫球場的照片，是要未雨綢繆，先做好對付金達的準備，這也是他來白灘的真正目的。

張允看了看傅華，說：「你想幹嘛啊？沒用的，人家雲龍公司有錢，你鬥不過他們的。」

傅華賣著關子說：「張叔，您就幫我弄一張，我有用處，弄好了寄給我。」

張允便答應了說：「好，我幫你弄就是了。」

吃完，徐琛提出想去海邊玩，張允就帶著他們去了海邊，正好趕上退潮，露出大片的沙灘，徐琛他們玩心大起，脫掉鞋子走到海裏玩耍了起來。

傅華和丁益、伍權這些從小在海邊長大的人對這個並不感新奇，因此坐在岸邊的礁石上看著徐琛他們玩鬧。

丁益忍不住問傅華說：「傅哥，你下一步打算怎麼辦啊，就這麼認了嗎？」

傅華笑說：「我現在還沒想要怎麼辦呢。丁益，你市財政局那邊有沒有朋友啊？」

丁益回說：「朋友是有，只是不知道你要做什麼。」

傅華說：「我想查點資料，就是前段時間拍賣的那塊灘塗地，我想看看地價款有沒有交足，你能幫我這個忙嗎？」

傅華要查的這件事關係到金達，他怕丁益會有所顧慮。畢竟天和是海川的企業，開罪了海川市的市委書記可是不明智的。

丁益很義氣地說：「傅哥看你這話說的，你的事我能不幫嗎？你放心，我會幫你查一查的。」

傅華點點頭說：「查出來後，搞一份寄給我，動作要快，知道嗎？」

丁益點頭說：「行，我會儘快弄好寄給你的。」

傅華又交代說：「還有一件事，這次孫守義在我被免職的過程中所扮演的角色很耐人尋味，他沒有理由會支持金達，我很想知道這中間發生了什麼事。」

丁益聽了說：「是啊，我也很奇怪，孫守義明知事情的經過，再說，你跟他關係又那麼好，就算他不想跟金達對抗，起碼也該為你爭取一下的。」

傅華猜測說：「我懷疑他是有什麼把柄落在金達手裏，你能不能幫我查一下究竟是怎麼一回事？」

丁益為難地說：「傅哥，我是很願意幫你查，但是查什麼啊，你總得給我個方向吧。」

傅華想了想說：「孫守義這個人很熱衷權力，不會為了一點小油水搭上自己的仕途，所以他在錢財方面很檢點，應該查不出什麼問題來；如果有問題的話，肯定是在女人方面。你們常年待在海川，有沒有聽說過孫守義跟哪個女人傳過曖昧啊？」

伍權笑說：「這還真沒聽說過，雖然孫守義身邊不少女員工對他都很有想法，但是還真沒聽說哪個女人成功的俘獲了他的。」

丁益也搖搖頭說：「這個我也沒聽說過，孫守義好像與緋聞絕緣一樣。」

傅華很清楚孫守義之前跟林姍姍的那段風流韻事，他相信孫守義絕不是一個老實不偷腥的男人，於是說：「不對，他一定有，只是我們不知道罷了。這傢伙很善於偽裝，這個女人很可能不是在市政府工作。」

丁益大感頭疼說：「那這個範圍就大了，傅哥，我們總不能一個一個的查吧？」

傅華笑笑說：「當然不能。不過有件事也許能幫我們查到這個女人究竟是誰。前些日子孫守義從我這兒借了三十萬，這麼一大筆錢很可能是用來買房或者買車的，你們查查這筆錢的去向，我想就會知道究竟這個女主角是誰了。」

丁益大嘆說：「他還拿了你三十萬啊，這樣還從背後捅你一刀，真是不夠義氣。傅哥，不行的話，你就拿這三十萬做理由去告他算了，就說他仗著市長的權威勒索了你三十萬。」

傅華說：「說好是借的，我不好去誣賴他，你還是幫我查一下吧。」

丁益想想說：「這可能要找找銀監局的朋友了，行，我去安排一下。」

傅華看了看丁益和伍權，說：「不用我說，你們肯定也猜到我是要幹什麼了，所以我就不費口舌跟你們講事情的嚴重性了，你們一定要做好保密工作，不要打草驚蛇。」

「這我們知道，只是傅哥，你真的要這麼做嗎？」丁益遲疑地說。

傅華說：「是不是真的要這麼做，我我還沒決定，不過先把這些東西準備出來，當我真的決定要做的時候，就不至於手裏連證據都沒有了。」

伍權憤慨地說：「丁益啊，你不要去想阻攔傅哥了，換到你處在傅哥的位置上，被人欺負成這個樣子，你會怎麼做啊，傅哥，你不用猶豫，該出手時就出手，整死這幫忘恩負義的混蛋。」

「你們幾個聊什麼聊得這麼熱鬧啊？」徐琛這時走了過來，問道。

傅華笑笑說：「這倆人替我抱不平呢。琛哥，今晚玩得可開心？」

徐琛滿意地說：「開心，今晚的安排真是太棒了。傅華，這裏的環境真

的很棒，空氣又好，如果不是因為那幫孫子，我真的很想在這搞個度假村什麼的，沒事時帶朋友來度假。」

傅華說：「你想搞就搞，不要因為我的事情影響你。」

徐琛笑笑說：「我是那麼不仗義的人嗎？還別說這件事是由我而起，就算不是，我的朋友被欺負了，我也會挺身而出為他出氣的。傅華，你等著看吧，我一定會把你受的欺負幫你雙倍討回來的。」

「對！」這時周彥峰也走了過來，加入說：「琛哥說得很對，我們哥幾個從來都是欺負人的角色，這次卻害朋友被欺負了，這口氣不討回來，我們幾個哪還有臉面在北京混呢。」

田漢傑也說：「是啊，傅哥，你想怎麼做就大膽的去做好了，我們哥幾個挺你挺到底了。」

傅華感動地說：「謝謝你們了。」

雖然這次來海川被金達整得不輕，但是卻加深了跟徐琛他們的友誼，也算是失之東隅收之桑榆了。

請續看《權錢對決》2 十億富豪

權錢對決 一 權力核心

作者：姜遠方
發行人：陳曉林
出版所：風雲時代出版股份有限公司
地址：105台北市民生東路五段178號7樓之3
風雲書網：http://www.eastbooks.com.tw
官方部落格：http://eastbooks.pixnet.net/blog
Facebook：http://www.facebook.com/h7560949
信箱：h7560949@ms15.hinet.net
郵撥帳號：12043291
服務專線：(02)27560949
傳真專線：(02)27653799
執行主編：朱墨菲
美術編輯：許惠芳

法律顧問：永然法律事務所 李永然律師
北辰著作權事務所 蕭雄淋律師

版權授權：蔡雷平
初版日期：2017年1月
初版二刷：2017年1月20日
ISBN：978-986-352-405-2

總 經 銷：成信文化事業股份有限公司
地　　址：新北市新店區中正路四維巷二弄2號4樓
電　　話：(02)2219-2080

行政院新聞局局版台業字第3595號 營利事業統一編號22759935

定價：280元　特惠價：199元

國家圖書館出版品預行編目資料

權錢對決／姜遠方 著. -- 初版. -- 臺北市：
風雲時代，2016.11- 冊；公分

ISBN 978-986-352-405-2（第1冊；平裝）

857.7　　105019530